현대시 세계 시인선 170

너와 나의 중립국

이용호
시집

KB193323

너와 나의 중립국

이용호
시집

도서
출판 북인

악몽을 꾸다 깬 아침이면
눈부시게 다가오는 것들이 모두 소중하다

내 시를 읽는 그대의 시간이
제발 악몽 같은 순간이 아니기를

이젠 혁명도 망명도
혁명가도 망명가도 모두 지쳤다

너와 내가 우리가
머무를 수 있는 천국과 지옥 사이
그 중립국에서

한 생애를 비명처럼 살고 있는
그대에게 우리에게

2024년 초가을
이용호

차례

1부

푸른 빛으로 오는 당신

그대 생각

저 별은
내가 수신한 너만의 부호일 거야

네 생각만 하면
지상의 모든 별들이
하늘로 하늘로 올라가고 있어

그리워했다 말하면
안 되겠지

별들이 하늘에 가득차면
네 생각을 더 할 수 없을 테니까.

당신의 거리

등기부등본을 확인하고
은행 계좌의 잔고를 조회한 후에야
그대를 만나러 갈 수 있을까

삶은 항상 실제적이라고 하지만
청구되는 카드 고지서가 보란 듯이 밀려오면
도무지 견딜 수가 없었다
방법이 없었다

과연 나의 경제적 토대는 어디에 있나
쓸쓸하게도 모든 걸 결정하는 그것이
내가 읽히는 맥락이었다

서툰 몸짓을 해대며
그대가 그렇게 밀려왔을 때에도
우리 사이에선 무언가가 조회되는 소리가 났다

치명적인 간격은 아쉽게도 굳어졌다
사랑이 저만큼 떨어져 나간 자리에
애도의 송가가 울려 퍼졌다

아득하게 내려오는 달빛도
그대와 나 사이에선
아슬하게 평행을 이루기만 했다

궁핍하게 사는 건 용서할 수 없어
오래 전 타인처럼 귀엣말이 속삭거릴 땐
이대로 제단을 하나 쌓고 싶었다

우리 사이는 투명한 햇살조차 비껴갔다
과하지도 모자라지도 않게
서로의 가슴팍에서 적당히 멈출 줄 알았다

태초의 본분을 잊어버린 채로는
단 한 번도 다가갈 수 없었다
너라는 암호에 사랑만이 반응하기를

균일한 틈새에서 평등을 유지하며
그대와 내가
우리가 되었다.

호로고루*

화강암 자르고 다듬어 한 짐씩 지고 내려와
고구려 젊은이들이 성을 쌓을 때부터
보루는 바람을 친구 삼아 방어진이 되었을까
별들이 저녁의 발목을 쓸어안고 은밀히 노래할 때면
스스로 뿌리까지 울어대는 저 풀잎들 건너엔
먼 옛날 바위 뒤에 숨어 보초를 서던
고구려 군사의 눈동자가 새겨져 있고
스스로를 긴 고독의 시간에 던져두고 서 있으면
무거운 바위 지고 가며 한숨짓던 말들이
소멸의 기운으로 들려오기 시작하지
간절함 하나만으론 아무리 기다려도 오지 않아
슬픔으로 능선을 관통했을
그 옛날 고구려 처녀의 애태움도
무사히 귀향할 낭군 하나 없다는 것에
눈물짓는 청상과부의 기다림마저도
저 언덕에 일제히 주둔하고 있겠지
한 걸음 내디딜 때마다
더이상 순례할 수 없음을 아는 임진강 물결이
허물어지지 않을 마음의 제방을 쌓는 시간
허기에 젖어 있어도 창검을 들 수 있는 사람들이

길짐승들의 울음을 여미어주는 새벽이면
그리워하는 가족들 찾아가는 서신처럼
한없이 풍화하는 저 바위들 모두
저마다 세상을 밝힐 횃불 하나 켜고 있겠지
봄이 되면 견고한 성곽을 이루고서는
세상의 모든 목숨들을 지키기 위해
수천의 몸뚱이로 이내 올 겨울을 다짐하겠지.

＊경기도 연천군 장남면 원당리에 위치한 고구려 보루. 5세기경 축조된 것으
로 추정함.

부치지 못한 평강공주의 편지

새벽에 그친 비가 당신의 안부를 물어왔습니다 이리저리 뒤척이다가 하루 종일 밭에 나가 보리 싹을 바라보았습니다 입술에 씹히는 흙바람에 눈이 자꾸 감겼습니다 기다린다는 것은 이렇게 늘 설레는 것인지 스스로 반문해봤습니다 우리의 인연이 밀려가다 머문 곳이 아차산성, 바로 거기겠지요 더 이상 물러설 곳 없는 데가 우리의 마지막 삶의 자리라는 말씀에 그간의 숱한 기억들이 울타리를 만들어 저의 어깨를 감싸줍니다 혼자 있는 낮엔 오롯하게 자리 잡고 있는 순백나무 숲이 그늘을 만들어 그 누구도 건널 수 있는 마음의 문지방 하나 쌓아주었습니다 바람마저 당신의 소식을 궁금해하는 북녘의 아침은 내일을 기약할 수 있을지, 숨이 붙어 있는 것들 모두 별빛에 머리를 조아릴 때 저는 진달래꽃의 가슴에 두 손을 모으고 삼백예순 개의 기원을 새겼습니다.

죽령 이북의 땅을 찾지 못하면 돌아오지 않겠다던 당신의 다짐은 제 마음에 닻을 내린 채 정박해 있습니다 제 삶에 한 치의 오차도 없이 당신이 다가오던 순간들, 설령 그것이 돌이킬 수 없는 굴레가 될지라도 한 줄기 빛을 내려주는 달님에게조차 굳은 제 마음을 보여줄 순 없겠지요 당신이 출정할 때마다 항상 이별을 각오했었지만 은밀하게 진군하는 우리의 추억들을 돌 속에 새긴 지금, 세차게 내리는 비를 넋 놓고 바라보고 있어요 당신이 버텨온 시간들이 터벅터벅 걸어오는 저녁의 한때, 세상이 호명한 별빛들은 쓸쓸히 멀어져가겠지만 환한 당단풍잎 야위어가는 고갯마루엔 당신의 함성이 울려퍼져요 사랑이었을까, 원망이었을까 제게로 와서야 비로소 행복으로 귀향하는 당신의 이름을 나직이 불러봅니다.

　당신이 없는 밤을 어떻게 지낼까 하다 낮에 잠깐 풋잠이 들었습니다 이 길고 긴 밤을 예상이나 했을까요 호롱불을 켜고 당신의 해진 옷을 깁습니다 집에 돌아와 이 옷을 입으며 웃음지으실 당신을 상상하며 고운 실을 고르고 골라 새벽까지 밤을 새워 옷을 기우면 세상의 그 어떤 두려움도 기워낼 수, 잘라낼 수 있을 것 같습니다 가끔씩 폭우가 몰아치는 밤이면 바느질을 멈추고 우리가 옛날에 함께 읽었던 병법서를 꺼내 봅니다 견딜 수 없는 그리움만 평양성을 넘어 철원평야를 지나 아차산성까지 가는 밤, 이슬비 내리는 소리에도 잠들지 못하는 이 밤, 혹시 하늘에서 별똥별 하나라도 떨어질까 당신을 생각하며 마지막을 처음처럼 이 긴긴 밤을 지키렵니다. 그럼 이만 총총.

주왕산 용추폭포

내 마음을 명주실처럼 풀고는
물보라 갈라지는 연못 속에 드리워
한 길 두 길 내려가본다
허공엔 수많은 별들
안개처럼 수면 위에서 머뭇거리다가
끝끝내 그대 가슴에 피어나는데
내 마음의 끝까지 엮고 또 엮어
저 검은 물줄기 속으로 뿌리내리고 싶다
수많은 바람이 결국엔 바래져
낙하하는 물빛들마저 안개 속으로 떨어져 내리는 오후
이제는 어디에 가서 최후의 고백을
피어나는 물방울 하나하나에 새겨볼 수 있을까
주왕산 봉우리마다 살짝 걸쳐진
기원이 저물어가는 노을 속으로
대지가 말발굽 소리 울리며 처연히 가라앉는 곳
순한 짐승들의 첫울음들이
저마다의 사연으로 피어오르는 곳.

벚꽃 지는 오후

사랑이 피어날 때도 그랬지만
사랑이 질 때도 저랬었겠지

감탄 속에서 떠오르는 꽃망울들이
스스로 유배의 길을 떠나겠지

떨어지는 벚꽃 잎처럼
그녀의 얼굴에도 이제 곧 그늘이 지겠지

향기 속으로 번져가는 우리의 생도
한때는 저렇게 미소 지었으련만.

다시 봄날에

그 시절들이 행여 찬란하게 소멸한다 해도
우리가 나누었던 깊은 밤 술잔 속에는
다하지 못한 봄의 얼굴이 너그럽게 담겨 있겠죠
그대는 어떻게 이날들을 견디고 계신지요
세상 그 어딘가의 끝에 가서
생애의 절벽을 마주보고 흐느낄 때도
비어 있는 그대의 가슴 속으로 안착하는 별들은
사방에 봄이 왔음을 온몸으로 알리고 있겠지요
우리의 사랑도 진한 꽃내음과 함께
여기에 왔음을 또 말하려 해도
계절의 가슴은 늘 꽃들로 하루하루 새겨지고 있잖아요
세상이 호명한 생의 밀서들은 언제나
바람에 이리저리 날리고 있어도
복사꽃 잎들 성호를 그으며 떨어져 내려도
땅 위에 직립하는 햇살들은 저마다
경외감 속에 하루를 저물어갈 겁니다
변해가는 것들은 모두
봄날의 주름살들로 일생을 마무리한다 해도
아등바등 살지 않고 이 모두를 받아들인 채
밤을 새워 시간을 밀고 가고 있었음을

갈기를 휘날리며 저 강둑을 넘어가고 있었음을
악몽을 꾼 밤들이 아무리 깊고 서럽다 해도
우리는 끝내 그렇게 바라보며
오지 않은 것들을 기다린 채
마지막 봄날을 그렇게 기다리고 있을 겁니다.

혁명은 바다처럼

해질녘 바다는 어둠 속에 서성거리다
이내 갯벌에 납작 엎드려 있었다
고된 몸을 누였는지 앓는 소리가
바지락 바지락 갯벌을 관통해갔고
때로는 제 살을 태워 새하얀 소금들을 피워올렸다
바다가 이른 안부를 물어오면
갯벌의 주름은 어느새 화장을 곱게 하고
섬과 섬 사이로 아름다운 입김들을 불어넣어주었다
혼자서 망명하던 노을이 해안의 절벽에 정박할 때엔
스스로 기뻐하는 바닷새들의 울음소리들만
수면 위를 미끌어지듯 훑고 갔다
지상으로 나갔던 친구들이 하나둘 슬픔을 거두고 오자
바다는 혼자서도 허물어지지 않을 제방을 쌓는다
일생을 나그네처럼 살아왔다면
북회귀선 정도는 스스로 두 동강 낼 수 있겠지
밤새워 나누는 옛날이야기가 수런거리고
한순간의 욕망으로 불타오르던 격랑들은
수평선을 토닥이며 샛별처럼 빛나기만 했다
고깃배의 어등이 사라져가는지
그리운 이름들을 호명하며 제 몸을 기우뚱거릴 때

일렁거리는 바다의 문장을 읽은 뱃길들이 조금씩 열렸다
어기여차
늙은 어부가 힘껏 지구의 닻을 들어올린다
찌그덩 찌그덩 노 젓는 소리에
바닷게들의 두 눈이 반짝이고
이렇게 눈부시게 빛나는 약속일랑 잊지 말자고
작은 포구들은 바다를 향해 서툰 웃음을 날리고 있었다.

나의 가난한 애인

내 애인의 옷에서는 바람든 무 냄새가 나요
시퍼런 겨울을 한입에 베어 물던
그의 날선 호기는 이 세상 어디에도 간 데 없어요
이빨 빠진 늙은이의 가느다란 잇몸처럼
군데군데 진물만 가득 넘쳐나는 오늘밤
내 가난한 애인은 또 어느 포장마차에서
소주 한 잔을 마시고 거리를 쏘다니다가
다음 날 아침이 오면
편의점에서 허기진 폭음의 배를 라면 국물로 또 달래고
있을지
서둘러 국물을 후르륵 마시곤
차도를 달리는 여러 국적의 외제 차를 바라보며 혹시 자
신이
알 수 없는 어느 유목민의 먼 후예였는지를 조사하고 있
을까요
동물원의 조랑말을 보는 순간에도
불합격 통보 문자를 집어던지며
머나먼 북방의 조상들을 생각해내곤 하염없이 울고 있
어요
신기하기만 하죠, 눈이 내리는 날에도

설렘은 늘 수십 년처럼 흘러만 가는데
운명을 결박당한 미래가 쓰레기통에서
솔솔 냄새를 풍겨가며 썩고 있을지도 몰라요
그곳에서 미래는
영원히 올 수 없는 시간 속으로 아늑하게 떨어져가도
내 가난한 애인의 동공에는
슬픔처럼 커다란 빌딩의 유리창들이
여전히 여전히 반짝거리고 있겠지요.

수선화

수선화야 수선화야
너는 거기 그렇게 앉아 있고
나는 여기 이렇게 동그랗게
무릎을 구부리고 서 있네
너에게 소리 없이 다가갔을 때
너는 짙은 향기로 슬픔을 말해주었지
수선화야
네가 서 있는 곳은 영원의 땅
그곳에서 새들과 햇살과 바람 속에서
착한 마음으로 손바닥을 흔들며 내일을 기약했었지
약속은 누구나 할 수 있는 세상의 마지막 말
내게 온 모든 것들은 노을 속에서도
부도 수표 되어 지상에 떨어졌지만

수선화야
우리가 이렇게 살아 있어
내가 네가 되고
네가 내가 된다면
내가 그 자리에 그렇게 서 있어도
세상이 나에게 고독을 가르쳐준 것처럼

네가 나에게
사랑을 말해줄 수만 있다면.

단오端午

나무 그림자가 내려와 작은 보금자리를 만들어주었다
초여름이 한 번 수줍게 웃고 가는 계절
채소와 과일을 실은 트럭 한 대가 아파트 단지에 둥지를
틀었다
초록의 싱그러움이 유치원 아이들의 웃음소리와 뒤엉켜
세상 가장 낮은 곳의 문지방을 넘어서 온다
나무가 내려준 차일 아래에서
남편이 아내의 입에 상추쌈을 넣어주는 점심시간
아내의 어금니가 그늘 속에서 서럽게 반짝였다
손님이 오면 둘만의 식사 시간이 아슬하게 교차한다
상추쌈을 입에 넣은 채 우물거리는 아내의 눈빛이
초여름 햇살 쪽으로 살짝 젖어들 때에도
집의 아이들은 어느새 무럭무럭 자라나 있고
아득한 곳에만 있을 거라고 믿었던 일들은
이제는 점점 명약관화해지는 것이다
빚 때문에 살던 집을 팔아야 했던 기억이 불쑥
비닐봉지에 참외를 담는 아내의 팔목에 파스처럼 붙어
있을지라도
오늘 하루 식사는 일관된 성찬인 것이다
아파트 단지의 도로를 좇아 울리는 남편의 확성기 소리

오늘의 만찬 속으로 서서히 물들어가는데
멈칫대는 숟가락에 젓가락 부딪치는 소리
앞으로 펼쳐질 내일의 그 어떤 일이 아스라이 밀려간다
해도
이젠 더 이상 여기서 무릎을 꿇지는 않을 것이다
아내가 남편에게 종이컵에 담긴 커피 한 잔을 건네자
아파트 단지에 황금빛 노을이 스며든다
누군가 저 하늘을 악보 삼아 연주하는지
어디선가 들려오는 리코더 소리 사이로 저녁이 젖어오고
남편이 운전하는 트럭 뒤엔 어둠이 일렬종대로 따라오고
있었다.

종오정* 연꽃 그리고 배롱나무

새빨갛게 타오르던 내 마음이
저 연꽃의 연분홍색으로 조금 바랬나보다
배롱나무에 매달린 빨간 풍경들이
여름날 부는 장맛바람에 몸을 떨며 울던 날에도
종오정에 모인 유생들 마음처럼
향나무에 경전 하나 읽고 있었을게다
선들선들 연못을 건너가는 바람은
연꽃 잎사귀 하나 흔들어놓고
뜨거운 가슴 잠시 식히고 가는데
하얀 달빛이 수면 위에 닻을 내리고
구슬픈 시조 가락 한 수 웅얼거린다
먼 훗날 천 년을 두근거리던 가슴들이
옛 성현들의 가르침으로 남아
지금도 귓전을 때릴 것 같은 종오정의 깊은 밤
배롱나무 가지마다 달빛이 젖어들면
조화롭되 똑같지 않은 채로
저마다 신수 훤한 도포자락 휘날리는데
어느 선비의 큰마음도 진흙에 뿌리내려
저토록 아름다운 연꽃의 마음이 되었을까
붉게 타오르는 배롱나무와 한몸이 되었을까.

＊경북 경주시 손곡동에 있는 조선 시대의 정자. 영조 때 문효공 최치덕이 건
립했다.

아산 공세리 성당

벗나무 밑에서
그대의 이름을 들었네
성당 문을 열고 방금 나온 여자아이를 부르는
어린 엄마의 앳된 음성이
떨어진 벚나무 이파리에 앉았네

한때 마음에 두었던 이름
두고두고 긴 밤을 앓아눕게 만들었던 이름
순간 부서지던 하늘은
그대로 추억의 지붕이 되었네

꿈을 꾸면
그곳에선 여전히 웃고 있고
추운 겨울밤이면 살포시 다가와
오롯한 눈물의 방울을 두 눈 언저리에 내려주던
그대의 이름과 똑같은 바로 그 이름을

첫사랑의 햇살이 부서지던 이곳에서
그대의 이름은 하늘로 올라가
그대로 십자가가 되었네
이대로 긴 슬픔이 되었네.

다음 생에서는 나의 사람으로 오세요

칭다오 맥주

대륙의 한 점 칭다오에서도
저녁에는 맥주 익어가는 냄새가 났지
맥아가 발효되고 있는 거대한 공장에 가서
그대가 빚어주는 술을 마셔보니
우리가 갔던 관광의 일정은 개나 줘버리고
저 큰 술통 속으로 유유히 헤엄쳐가고 싶어
내 고독이 끝내 닿을 수 없었던
지난 날들의 추억들은 안주처럼 널려 있고
앞으로 일어날 일들에 대한 걱정들만
겨울밤 속에서 신열처럼 사라져가겠지
내가 진정으로 몸을 맡기고 싶었던 건
그대의 따뜻한 심장이었을까
아직 유통기한이 지나지 않은 맥주들은
사랑에도 혹시 최후가 있지는 않을까 의심하며
저마다 조심스럽게 익어가는데
내게서 발효되던 세상의 모든 걱정 근심
역시 개나 줘버리고 싶던
겨울도 맥주처럼 질주하던 밤.

경주 양남 주상절리

바다를 향해 내달리던
지상의 모든 열망이 식어가
이대로 굳어진다면
그대를 만날 수 있을 거라 생각했다
기울어진 채 누워 있다가도
끝내 부채 모양으로 남아 있는 것은
끓어오르는 마음을
잠시나마 식히고 싶었기 때문이다
파도소리길 따라 흐르고 흘러
세상에 모습을 드러낼 수 있다면
절리마다 새겨진 입김만이 이제야 날개를 달고선
생애의 절벽을 이고 진 채 살고 있다
더 이상 나아가지 못하는 힘이더라도
격랑 속으로 힘겹게 걸어들어간 내 젊은 내력도
손마디마다 새겨진 바위들의 온기로
흔들리지 않을 뿌리를 저곳에 새겼으리라
경주 양남 주상절리
용암의 노래 울려 퍼져
수평선에 떠오르는 해를 불러들였을 날들
부채꼴 모양의 저 평원에서

나의 춥고 빛나던 세월이
오늘도 조용히 물들어가고 있다.

그렇게 울다가 가는 세상인데

신기하기도 하지
모교 근처 술집에서 모임을 끝내고 돌아가던 길
학교 앞 버스 정류장
삼십 몇 년 전이었던가 그녀가
내 생의 외곽으로 영원히 이주해갔던 곳
세월에 부르튼 채 그때와 똑같이 남아 있네
눈 내리는 날이면 꿈속으로 찾아와
비만 내려도 쑤시는 무릎 그 어디쯤에
살포시 앉아 있던 버스 정류장

입대 영장을 주머니 속에 넣고
그녀와 마주 앉은 허름한 음악다방 한구석
겨울인데도 차가운 체리 주스를 시켜놓고
서로의 안부를 눈으로 물어보고
어떻게 지냈는지 앞으론 어떻게 지낼 건지
말없이 주스 한 잔을 마시고
남아 있는 얼음을 꺼내 빙빙 손으로 굴리며
말없이 외투 주머니에 손을 결박당한 채
말없이 버스에 오르던 그녀의 뒷모습

비무장지대에 뜬 별들 목책마다 꽂히던 날이 오면
어디선가 버스 엔진 소리가 들려오고
기억 속에서 흐느끼는지
아프게 아프게 그녀는 생을 밀고 갔을까
버스에 오르고서도 도로 쪽을 향해 서서
내가 서 있는 인도 쪽으론 눈길 한 번 주지 않던
그녀의 눈동자를 지금도 기다리고 있는 걸까
이젠 버스 정류장도 조금씩 늙어가는지
팻말 위에 앉아 있던 비둘기 한 마리 깃을 치다가
구구구 한 번 울고 날아가버린

그렇게 울다가 가는 세상 한복판에서.

새벽별 하나 빛나던 날에
— 류근의 시 「상처적 체질」보다 더 통속적으로

돈이 없어 청자 담배로 허기를 채우던 시절
그녀는 돈이 없는 내게
대학 졸업반이라 취직 때문에 골머릴 앓고 있는 내게
헤어지자고 한다, 수중에 돈은 없는데
뒷모습만 자꾸 보여주던 그녀는 이내 울면서 떠나갔다
이별의 선물을 사주기 위해
며칠간 막노동판에서 받은 일당을 삼 일치 모아
이십사 케이 금반지 하나를 사면서 나도 울었다
남은 돈으론 파스를 사갖고 들어와선
가뜩이나 아픈 팔다리와 멍든 가슴에 서너 장씩 붙였다
새벽을 새워 쓴 편지 한 통과
촌스럽게 포장한 이십사 케이의 선물을
새벽에 달려가 그녀의 집 우편함에 넣어놓고
사랑도 그렇게 그녀 집 앞에 뿌려주고
그 길로 새벽에 또 막노동판엘 나갔다
벽돌 한 짐과 모래 시멘트를 질통에 짊어지고
세상의 전부를 들어올리리라
다시는 운명 같은 건 믿지 않으리라
공사장 계단을 오르며 다짐했었다
앞으로 누군가를 또 사랑하게 된다면

저 옥상에서 나를 내칠 것이라고 포효하던 날
한여름인데도 가슴엔 눈발이 내렸다
더 이상의 침묵과 방황은 없을 것이라고
착한 강아지의 머리를 쓰다듬으며
쓸쓸히 침몰하는 내 슬픔을 그녀의 집 언덕에 뿌렸다
행여 술에 취해 그녀에게 전화할까봐
금주의 시간으로 골고다 언덕을 올라가면
내면에서 번져오는 내 삶의 고단함이
새벽 강가에 튀어오르는 물고기의 은비늘로 서 있는 것이다
저물지 못하는 내 사랑은
언제나 저기서 저렇게
밤을 새워도 지울 수 없는
새벽별 하나를 비추고 있는 것이다.

의자

아파트 분리수거장 귀퉁이에 버려진 의자는
다리 한 짝이 부러진 채로 오롯이 앉아 있다
누군가 허름한 테이프로 부목을 댔지만
밤새 내리는 비에 맞춰
의자는 그룽그룽 울기 시작한다
울다가 지쳐 빗소리에 제 통증을 맡기고는
반들해진 모서리로 딱딱한 속살을 내밀고 있다

자식들의 든든한 언덕이 되고자
천 년을 하루처럼 앉아 있던 버팀목의 시간
부풀려진 틈살에 생을 수습 당한 맨발로
지상의 모든 아침이 소리 없이 불려나오고
기약할 수 없는 날들로 배를 채우기 위해서는
날마다 가늘어질 수밖에 없었을까
애달픔은 어디에서도 견딜 수 없어
내 어머니의 두 다리를 말없이 보는 날이면
뒤돌아가는 바람이 제 어둠에 지쳐갈 때에도
하루의 생을 거칠게 밀고 올라갔던 기억들만 남는다
세상의 모든 어머니들의 다리는 가늘어지고
부목을 갖다댄 곳에서는 낡아가는 소리가

노을빛 속으로 가득 울려 퍼지는데
어느 아들의 슬픈 노래였을까
소도 비빌 언덕이 있어야지 하시며
쌈짓돈을 내어주시던 어머니의 가느다란 다리
봄이 오면 다시금 피어오를 저 꽃잎들 속에
골짜기마다 수많은 의자들이 모여
절뚝이며 절뚝이며 남은 생의 봄날을
하염없이 걷고 있을 것이다.

외할머니의 윤장대

왜정 때 태어나
소학교도 못 다녀 까막눈이 됐다고 하셨지
부처님 말씀은 귀로 다 듣고
그래도 모르겠다 싶으면
들녘에 내리는 눈발이 거셀 때에도
긴 세월 한숨으로 익어간 백팔 계단을 오르고 올라
외할머니는 대장전 한구석에서 윤장대를 돌리셨지
절룩거리는 다리를 연자방아처럼 부여잡고
붉은 적막 혼자서 찍어 삼키며
드르륵드르륵 윤장대 손잡이를 돌리셨지
옛적 외할머니의 숨결 고운 연꽃의 정성으로
목조 조각을 가르고 다시 잘라 맞춰
세상에서 가장 끈끈한 꽃창살을 피워올리면
팔만대장경처럼 살아오신 우리들의 할머니 모습
손잡이를 돌리며 방금 공양되는
경전의 글자들이 닿고 있을
서방세계의 한 구절을 말없이 떠올리실까
기원 없이 저물어가는 목어 소리 은은히 울릴 때
배흘림기둥에 서서 내리는 눈발을 바라보시던
외할머니의 검정 방한화가 빛나 보였고

겨울 한낮 먹구름 속에서도 타오르던
배롱나무의 갈라진 가지 틈으로
외할머니의 염불 소리가 흘러가고 있음을
세월의 두께에도 아랑곳하지 않고
최후의 고백처럼 석탑에 새겨져
한겨울의 고요 속으로 천천히 들어가실까.

연꽃 피향정*

그대에게 다가가기 위해
스스로 걸어들어가 물속에 뿌리를 내린
무모한 향기가 있다
하마터면 전생이 소멸하는 게 두려워
내일의 꿈도 오늘로 돌려세웠지만
붉은 침묵으로 수면을 떠다니는 그대를 곁에 두려고
달아나는 바람을 붙잡아 시뻘겋게 사랑하려고
두 다리를 물속에 직립한 채 연꽃은 바르르 몸을 떤다
잠시라도 인내하지 못하는 잔물결에
하루의 탁발을 끝낸 생명들이 잠들 때에는
제 뿌리에 내린 천형의 업보를 떨쳐내고 있다가
잎사귀들 모여 적멸의 중심으로 들어간다
행여 꿈속에서라도 그대가 떠나버릴까
마음 졸이며 햇살을 머금으면
멀리서 박새는 밤을 관통해 울어대고
그대 돌아올까 부푼 가슴으로
점점 야위어가는 어둠의 발목을 부여잡는다
세상의 안부를 걱정할수록 바짝 가물어 있어
떠나가는 나그네들 멀리서 바라볼 때마다
천 년을 정박해온 애태움도 어찌할 수 없었을까

연꽃이 거느린 잔가지들이 모두 다 귀의하는
이 지상에서의 만행이 지나가는 저녁
올해의 풍년을 간절하게 바라면 바랄수록
더 이상 메말라갈 수 없음을
연분홍 꽃잎 산화하는 여름을 기다리듯
가을 햇살 투명하게 피향정 지붕을 건너갈 때마다
그대의 손길이 노을처럼 번지고 있었다
수천의 꽃잎으로 생애의 절벽을 올라가고 있었다.

* 전북 정읍시 태인면에 있는 조선 중기의 누정樓亭.

옥천 한곡리 느티나무*

그때에도 그렇게 서 있다가
스스로 깊어가는 울음 붉게 삼키며
느티나무 가지마다 구국의 깃발을 새겼었네
제 한몸 스스로 뿌리를 깊게 내려놓고선
떠오르는 아침 햇살에도 눈물 훔쳤을 나무 한 그루
먼지와 함성들 앞에다 두고선
아프게 종일토록 혼자 서 있었네
해월 선생의 준엄한 눈매에
사발통문을 돌리고 이제 막 돌아온
젊은 머슴아이 하나 파르르 몸을 떨며
최후의 고백처럼 화승총을 집어들 때에도
잎새 하나하나에 온기를 담아
그대들의 뿌리에 닿을 때까지 견디고 견뎠겠지
갑오년의 깊은 밤을 말없이 건너갔겠지
공터에 농민들 삼삼오오 구름을 이루고 있다가
서둘러 주먹밥 한 덩이에
소금으로 성상께 충언忠言을 아뢰면
눈바람으로 뿌려대는 함성의 열기들도
나뭇가지 끝에 정박해 있다가
고요히 하늘로 올라가선

척양척왜斥洋斥倭 척양척왜 구슬프게 울어댔겠지

예나 지금이나 새 세상의 아침을

온몸으로 흐느끼며 지키며

느티나무 한 그루의 생애로 늙어가겠지.

*충청북도 옥천군 청산면 한곡리에 있는 느티나무. 동학군 지휘부의 지휘소
가 있었던 곳으로 동학 제2대 교주 해월 최시형이 대일항전선언을 한 후에 수
천 명의 동학농민군들이 이 나무 앞 공터에 모여들어 군사훈련을 했다.

이 모든 것이

아침의 노동을 마친 그녀가
밀짚모자를 쓴 채 호미 한 자루로 걸어간다
첩첩산중 지나 연화장* 세계처럼 우뚝 서 있는 길
그녀의 갈색 소쿠리엔
부풀어오른 수분으로 가득찬 채소들이 들어 있다
늦봄의 햇살도 이미 힘든 노동에 달아올랐다
밤을 새워 숲속에서 수런거리던
소쩍새 한 마리가 정오에 방점을 찍어댔다
단풍나무 그늘에 털썩 주저앉은 그녀는
봉분 위를 날아가는 흰나비 떼를 바라본다
숨이 붙어 있는 모든 것들의 서원誓願을 위해
얼마나 많은 사람들의 일손과 이슬과 햇살이 모여
서로 이끌고 밀고 보듬어주고 했을까
석양을 흔들며 달려오는 작은 꿀벌들 소리
누구도 침범할 수 없는 위세로 커져가는 풀잎들 모두
애벌레가 지친 육신을 거둘 거처를 마련할 때까지
흙들도 잠시 짬을 내어 전생의 인연으로
제 몸들을 부수고 또 쌓아올렸을 것이다
숱한 꽃씨들마저 이곳에서 잠시 머물다가
저 멀리 한라산에서 날갯짓하면 남한강을 건너와

지치지 않고 제 뿌리를 내리려 발버둥쳤을 것이다
열매에 이르기까지 모르고 산 것들
하찮은 것들 빚을 지고 살아야 했던 것들
이 모든 게 다 목숨인 것을
그녀는 다시 일어나 먼지를 툭툭 털고
오르막길을 푸르게 걸어간다
아득하던 밥 안치는 소리가 점점 가까워졌다.

*비로자나불이 있는 세계이며 공덕과 장엄을 갖춘 이상적인 불국토를 가리킴.

나의 늙어가는 옛 애인에게

너를 만나면
불확실한 미래를 말하지 않아도 좋았다
쓸쓸히 늙어가는 것들이
생의 아픔으로 밀고가는 추억들
그곳에 서 있는 너는 혼자가 아니었다

칭다오靑島의 겨울밤 일행들 속에서
갈기를 휘날리며 옛 기억들은 장엄하게 저물어가고
우리가 우연히 들어간 술집에선
칭다오 아가씨 한 명이 노래를 부르고 있었다
흐릿한 전등이 달린 천장 위로
누군가 피워 올리던 담배 연기만 간절한데
소멸하는 것들이 소리내어 울어도
칭다오 맥주는 조용히 익어만 갔다

꽁꽁 언 이국의 길바닥에서
한 땀 한 땀 추억해낸 스무 살의 시간들
너를 향하기만 했던 나의 그리움도
저 술통 속의 맥주처럼 발효될 수 있기를
해풍이 불어올 때마다

화답 한 번 없이 흘러가는 밤하늘의 구름처럼
너의 삶은 서서히 저물고 있어
그걸 바라보는 네 눈동자 속의 나도
김 빠진 맥주처럼 늙어만 가는데.

그림자

야간 경비 일을 마치고 아침에 퇴근하시는
아버지의 모자는 항상 비뚤어져 있었다
학교 가는 길에 딱 마주친 내게 무심한 듯 작심한 듯
왼쪽으로 흘려보내는 아버지의 눈길이
큰길 하나를 통과하고 있었다
아버지 차라리 그림자나 되세요
아버지가 계셔서 사라지는 게 많다고 생각했던 시절
원망의 목소리는 뱃속에서 머뭇거렸고
그럴 때마다 책가방을 쥔 손엔 힘이 들어갔었다
저 멀리 아버지의 그림자가 보이면
눈을 감고 작은 골목길로 숨기도 했었다

아버지의 검은 경비 모자챙에는
땀에 전 소금기가 제 몸을 비비려는 듯
새록새록 돋아나고 있었고
파스를 붙인 팔뚝에선 하얀 목련꽃도
자신의 허벅지를 절뚝이며 눈을 감고 있었다
그늘로만 다니시며 하얀 땀들을 식히는 동안
아버지, 평생을 그렇게 허물어져 가시고
닳아가기만 하는 아버지의 그림자마저

한쪽으로 기울어지는 것을 나는 보고 있다
훌쩍 자란 자식들이 훨훨 그림자를 벗어나던 순간에도
아마 이만큼이면 됐다고 저만치 우리들의 모습을
검은 모자챙 안에 새기고 싶으셨을 것이다

내디디며 몰아치는 세월들이
끝내 남은 생에도 기울어지는 시간
나의 그림자도 이제는 서서히 기우는 밤
나는 아버지의 검은 모자를 끌어안고
먹먹한 눈길을 또 옛날로 돌리고 있다.

정선

그대의 모친상 부고를 받고는
지상의 일들을 소리 없이 정리하고
지상에서의 그리운 벗들 삼삼오오 모여
정선 장례식장으로 곧장 차를 몰고 갔습니다
제천을 지나 영월을 거쳐 여량리 대수리 아우라지를 지나가니
어디선가 정선아라리 한 가락이 절로 들려왔습니다
깊어가는 어둠 속에서
정선의 나무와 풀들은 봄의 얼굴을 끝내 보여주지 않았습니다
저물도록 긴 침묵만이 스스로 물러날 때까지
함께 간 일행들 모두 차 안에서 아무 말도 하지 않고 있었습니다
동강의 허리만큼 잘려진 우리의 추억들은
정선장터를 지나 화암 약수터를 시속 육십 킬로로 지날 때까지도
아아, 몰운대 만항재 정암사 적멸보궁이
어둠 속에서 몸을 떨며 스스로 적멸에 들 때까지도
슬픔이 꼬리를 물고 오는지도 모른 채
그대의 초상집엔 등불 하나 오롯이 켜져 있었습니다

서서히 밀려오는 이별의 순간마저도
이곳 정선에서는 산굽이를 돌아돌아 나갔습니다
어느 곳 하나 성한 곳 없이
초봄인데도 이곳에선 마음에 모닥불을 피우지 않고선
협궤열차 하나 지나갈 수 없는지
다가오는 운명도 제 몸조차 추스르지 못했습니다.
어둠 건너에서 담배를 피우고 있던 그대의 눈동자엔
말라버린 눈물만이 담배 연기에 파묻혀 있었습니다
에미를 잃은 새끼의 눈가가 은밀하게 젖어올 때
누군가는 하늘을 올려봤고
누군가는 땅바닥만 내려다봤습니다
기약 없는 길을 떠나신 망모亡母께 절을 올리고
향을 사르고 국화 한 송이를 바치고
우리는 망모가 내려주신 술과 고기로 수 시간의 허기를
채웠습니다
무엇을 물을 수도 없는 가슴들만 덩그렇게 남아
정선 산자락에 곱게 자리를 튼 영혼을
하염없이 하염없이
바라보고만 있었습니다.

우리들 생애의 푸른 망명정부

한때는 그렇게 울고 갔을 기억들은
깊은 밤이 되면 자꾸만 침묵처럼 낡아간다
저 혼자 푸르렀던 과거의 시간들
우리들 생애의 모퉁이로 내려앉을 때
그대는 결코 내가 건설할 수 없었던
저 거친 광야의 식민지
바람이 갈 수 없는 고독의 끝까지 내달리던
비루했던 우리들의 마지막 망명정부 한 채
푸르기만 했던 우리들의 시절은 늘 멀리서
스스로 진저리를 치며 사라져갔었지
그대에게 망명하고 싶어
모든 걸 다 버리고
우우우 만주 벌판을 말 달려가면
내 애마는 초원 한 귀퉁이에서
서럽게 서럽게 울어대기만 했었어
만주 벌판이든 바이칼호든 간에
침묵을 비웃으며 마음껏 달려갔으면
어제는 지친 혁명의 시간들이
오늘은 다시 타오를 수 있기를
누구나 한 번쯤은 언제라도 좋을
푸르른 망명정부 한 채 세워봤으면.

3부

세상에 뒤척이는 돛배 한 척

군위 화본역

마음이 눈발 내리는 설원으로
무작정 달려갈 때에는
군위 화본역으로 가고 볼 일이다
한사코 내리려는 자 없고
기어이 오르려는 자 없어도
끝내 아름다울 수 있는 곳으로
저절로 오고 가는 시간 사이에
눈발은 제 눈물을 역사에 던져주지만
진실은 총총걸음으로 다가와
지난 시절들을 조용히 묻고 간다
북으로 남으로 향한 철로에
한없이 소용돌이치는 걱정도 근심도
여기저기 널브러진 조약돌 하나에
묵묵히 슬픔을 견뎌내고 있다
동행한 친구의 늘어가는
흰 머리카락을 눈치껏 세며
그동안 수고했다고 힘내라고
뭐 그리 급할 것 있겠냐고
어깨를 두드리며
화본역 구석의 모퉁이를
천천히 걸어가고 있는 것이다.

수평선의 꿈

모래처럼 쌓이는 슬픔을 결코 지울 수 없을 거라고
수없이 되뇌는 불면의 밤
내가 쏘아 올린 파도의 물줄기만 허공으로 솟구칠 때
여기서 이럴 수는 없는 것이다
지느러미를 들어 한 번 바람을 품어보면
포말의 입자들이 날카로운 갈기를 세웠다가
서럽게 서럽게 허물어져 갔다
해안선이 늘 자신의 생각으로만 결정되는 게 아니듯
내가 가고자 하는 길 또한 어떻게 정해지는지
어떻게 해류에 휩쓸려가는지 모른 채 있어도 좋았다
햇살이 궁극의 목숨으로 착륙하는 절벽에
내 시선이 저물도록 농울 쳐가면
하늘과 맞닿은 한쪽에서 새우를 쫓던
고래의 노래가 서걱서걱 꿈틀대고 있다
스스로의 적멸로 기울어지는 달은 내 품으로 기어오고
밤은 자신의 고단한 삶을 해안의 석벽에 턱 걸쳐둔다
내 머리 위를 날아가는 바닷새들과
그림자를 모래사장에 뿌려대는 별빛들이
자신들의 비극으로 노래 부르는 것을 듣는 이 밤
섬으로 토해내는 나의 함성 속으로

태풍도 잠시 시간을 내려놓고
자신의 옷자락을 바위틈에 풀어놓는 것을
바닷바람에 방풍림들이 육신을 흔들어대는 것을
이젠 멀리서 느긋하게 바라볼 수 있다
해저에 가라앉은 조상의 유전자를 펼치고
망망대해에 홀연히 서 있어보자
꿈으로 가득차기만 한 세상들이
과연 내 위에서 어떻게 펼쳐지는 것인지
내일도 떠오르는 태양 속에서
자전의 수레바퀴에 이 한 몸을 의탁하고선
나는 이제 하늘을 향해 가는 꿈 하나를
내 안의 어딘가에 정박해두는 것이다.

호우주의보

구름이 점령한 하늘은
이대로 돌아갈 수 없는 식민지가 되었다
습기를 머금은 작업복을 입은 채로
일자리를 찾지 못한 사람들만 비에 젖어갔다

정착하지 못한 불안 사이로
게릴라처럼 매복하는 은행잎들
하루를 일 년처럼 애태우다가
끝내 노란 울음으로 세상의 변두리에 나설 때
수북한 담배꽁초에 불어오던 바람으로
그들 생의 한 귀퉁이는 허물어졌다

버려야 할 사랑과 내려야 할 정류장을
정확하게 계산할 줄 아는 인류들이 거리를 장악했다
우산을 쓰는 기울기에 따라
옷이 비에 얼마나 젖는지
눈에 들어가는 힘만큼 의심을 품는다

아침을 밤처럼 술 마시는 인부들은
언제나 원점으로 회귀하는 날들에 도취돼 있었다

구할 수 없는 일자리의 시간을 남기고선
너도 나도 인력소개소의 한구석으로 쫓겨나고 말았다

중심에서 멀어진 사람들 사이의 경계선에서
번져 오르는 취기와 평행선을 이룬 눈물의 격랑만이
얼마나 많은 한숨 속에 뿌려지는지
비에 젖지 않으면 스스로를 견뎌내지 못했다

어제 내린 비의 전생에서 쏟아지는 안개들의 주검들
그 속엔 독해할 수 없는 사연들이 점층법처럼 쌓여가고
빗방울조차도 필사적으로 낙하하는 도시의 밤
웅크리고 있다가 이제야 기지개켜는 고양이들의 눈망울만
넘어갈 수 없는 국경 밖으로 사그라들고 있었다.

너와 나의 중립국

주머니를 뒤적거릴 때마다
천 원짜리 지폐 두 장이 외롭게 몸을 내준다
로또 복권을 집어넣는 사람들의 주머니는 유난히 볼록했다
오늘 따라 필사적으로 그대가 그리웠고
이렇게 살 바에야 하고 가슴을 치던 날들은
책상 위에 이력서로 부풀어올랐다
아침 해도 비껴가기만 하는 반지하 동굴의 집
빨래를 너는 족족 피어올랐을 시커먼 곰팡이들이
바퀴벌레보다 더 자주 출몰하곤 했다
밤마다 안부를 물어오던 그대의 문자 메시지는
어느새 카타콤에 묻혀버렸고 그럴수록
어머니와 일주일 내내 말 한마디 나누지 않는 날들이
하나둘 일수를 찍기 시작했다
안 되면 나랑 식당 일이라도 하러 같이 나가자
설마 산 입에 거미줄이야 치겠니
식당 앞 편의점에 앉아 깡소주를 마시고 들어온 날엔
접목할 수 없는 나무 한 그루가 집 안에서 자라났다
서른이 넘은 아들은 자신도 모르게
어머니의 약 봉투에 위리안치 중이었다
근심으로 잉태된 실업수당 받으러 가는 길엔

어젯밤을 이기지 못한 숙취가 거리를 부유하고
애인의 문 앞에서 휴대폰만 만지작거렸을 그대의 입술은
먼 곳 지평선에 마루처럼 누워버렸다
침몰하는 저녁의 결말을 견디고 서서
발목에 잠기는 시간들 부대끼는 기억들
하나씩 하나씩 뒤척이는 꿈속에 던져주었다.

황토현의 붉은 밤

여기에서 하룻밤을 더 묵을 수 있을까
내일 이맘때쯤이면
내게 주어진 주먹밥 한 덩이를 손에 쥘 수 있을까
고부에서 황토현까지 흙먼지에 달려온 길
이제 마음속 그리운 이도 사랑하는 사람도
한뎃잠 속에서 모두 기억에 묻어야 한다
멀리서 천태산 봉화대에 연기가 올라가자
두승산이 몸을 떨며 울부짖기 시작했다
장리쌀을 갚지 못해 매 맞아 죽은 아비의 혼백이
만석보를 허물던 울분되어 흐느끼던 날
저녁의 발목이 점점 야위어가는 하늘로도
너와 나의 차오르는 함성이 퍼져 나갔다
사람이 곧 하늘인 세상이
사방에서 인내천 인내천 울고 있는데
봄이면 다시금 피어오를 들꽃마저
갚지 못할 수세水稅를 이룰 때엔
만석보보다 더 큰 근심이 울분이
구절초 한 송이에도 배어 있었다
그대의 성난 눈동자에서 펄럭이는 하얀 두건 속으로
붉은 울음을 절제절레 흔들며

우리는 세상의 과녁으로 돌진해간다
한 번도 생의 밑바닥을 투명하게 겨눈 적이 없었지만
이제는 최후의 눈물로 최초의 죽창을 데워나가리
함성으로 햇불로 한밤의 끝에 정박해 있는 무리들
부풀어오르는 노을의 숨결 사이로
황토현의 붉은 흙들이 번져나갈 때
햇불 끝에 매달린 간절함이여
세상의 어둠을 불사르고 싶었다.

그의 권법拳法

싸락눈 내리는 오후의 광장
기억 속으로 들어간 영광들이 춤을 추는 곳에서
배고픔과 추위에 떨고 있던 그가 비로소 움직였다
그의 낡은 칼 안쪽에서 반짝이던 불빛
주저하던 흰 나방 떼가 그에게 달려들자
남아 있는 한 가닥의 털마저 뽑힌
생닭의 가죽 같은 세계가 눈앞에 펼쳐졌다
그는 어두운 하늘에 낡은 칼을 들어
서툴게 갈 지之 자字를 그었다
시선을 높은 곳에서 낮은 곳으로 고정시키자
대의와 명분이 충만했던 중원은
이미 회복할 수 없는 곳이 되어 있었다
스승은 재벌 밑에 들어가 천막을 쳤고
첫째 사형師兄은 센 놈 뒤에 붙어 약간의 벼슬을 얻었다
이제 막 서명한 계약서마다 구급차가 지나갔고
한 떼의 도적들이 기침을 하며 무림의 공기를 차갑게 짓눌렀다
밤바다에 떠오른 멸치 떼처럼
함성과 울분과 촛불이 흩날리던 중원은 간 곳 없고
몇 번의 계절이 통과해가자
서럽게 비가 내렸으며

살갑던 햇살도 결국 중원을 떠나

또다시 불면의 밤을 부르고 있었다

고수들이 사라진 광장엔 법이 있었으나

싸울 만한 놈들은 이미 착실한 파충류가 되어버렸다

외제 세단이 출발하자 배고픔으로 밤을 새운

그가 교범과 칼을 내려놓고 따라서 뛰기 시작했다

축지법의 비서秘書 위로 아늑하게 떨어지는 흙의 먼지들

충혈된 무림의 골짜기마다 번져 오르던 그리운 적들의 체취

그는 사형師兄들의 이름을 하나하나 호명하곤

그동안 읽어온 권법을 태워버렸다

광장으로 사람들이 몰려들자

그도 넥타이를 고쳐 맸다

아무도 그에게 무림의 이야기를 묻지 않았다

그의 권법은 이제 천국이 되었다.

무인도 등대지기

간밤의 풋잠에서 잠시 깨어났을 때
돌아갈 수 없는 항구를 떠나온 것처럼 몸이 흔들렸다
항로표지 관리원, 등대 관리 직렬
빛바랜 명찰은 소금기로 닦는다
결박 중인 모든 것들이 굴레를 던지고 나설 때에도
보름을 주기로 교대하는 쳇바퀴 속에서도
마음까지 밝혀주는 등대지기를 소망해본다
누군가는 등대의 밑동에서 삶을 마감하고
누군가는 불행이 이곳까지 올까봐 의심도 하겠지만
망대에 올라가 바다를 굽어보면
성실한 물결들은 언제나 은비늘을 튕기며 올라왔다
절벽에 부속된 고독이 익어갈 무렵
갈매기들에게 밥찌꺼기를 던져주자
굶주린 새들은 저마다의 부리를 치켜세우며 날아온다
말하지 않으면 알 수 없는 것들이 수평선에서 발견될 때도
항로는 하나둘 좌표를 찍어주겠지
생의 낭떠러지인 줄 알았던 곳
새로운 날개를 펴고 날아가기만 하던 것들
더 이상의 나락은 없을 것이라 믿었던 이곳에서도
등대의 불빛 아래로 몰려드는 물고기들은

뱃고동 소리에 해풍을 잠재우고 있었다
하늘에서 별들이 저마다의 밀항을 꿈꾸면
내게 있던 모든 것들은 지상의 옷을 벗고
어둠 속으로 유영해 들어갔다
섬의 안쪽은 늘 추웠으나
정작 떠나가는 것들을 바라보는 내 마음이 더 아팠다
기를 쓰며 날아가는 별똥별들도
그물을 텀벙텀벙 내리던 고깃배들도
모두 이곳에서 나의 결정에 시선을 기울인다
항로를 찾지 못해 헤매던 숭어 떼들도
하루의 노동을 끝내고 긴 휴식을 취하는 이 밤
응시하는 시선들만 가득찬 곳으로
길을 잃지 않기 위해 이동하는 조류의 흐느낌만
달빛에 젖어 익어만 갔다.

백의종군길*

어머니는 여수에서 무사히 배에 오르셨을까 병마에 지친 노구를 이끌고 적진 같은 섬 사이를 어떻게 건너고 계실까

아산 해암리**에 이르러서야 어스름하게 보이는 게바위 나루, 지난 밤 꿈속에서 맞잡고 있던 어머니의 손을 결국엔 놓쳤다 이게 다 죄인의 숙명이려니 여겨라 어머니의 손마디에서 또 하나의 전쟁이 시작되고 있었다 눈앞에 보이는 작은 나루건만 길가에 백성들이 나와 엎드려 울부짖었다 더 이상 물러설 곳 없는 세상의 끝에 우리가 함께 있었다 이렇게 더 얼마를 견딜 수 있을까 얼마를 더 가야 합천 초계에 계신 도원수를 만날 수 있을까

낮에는 걷다가 밤이 되면 민가에서 하루를 묵었다 문초 때 입은 상처의 통증이 동백숲 사이로 무수한 별이 되어 날아왔다 호송하는 군사의 코 고는 소리마저 막막하게 귀에 아려왔다 두고 온 부하들의 얼굴이 아득한 한산섬 사이에 떠 있는 듯, 병들어 누운 이 산하를 생각하면 적들의 가슴에 한 줄기 웅숭깊어진 조선의 혼을 새겨야 했다 칼을 들면 시야에 들어오는 흰 모시 적삼, 임진년부터 지금까지 백성들은 적들에게 시신마저 포로가 됐다 부락마다 숨진 백성들을 태우는 연기가 하늘로 올라가 봉화를 이루었다 새벽에 풋잠에서 깰 때마다 도륙당한 아이들의 우는 소리가, 젖

가슴이 잘린 아녀자들의 신음소리가 운주당***을 넘어 이곳
까지 들려왔다

　이 나루에서는 시간에서마저 피 냄새가 났다 지난 날의
조각을 다시 모으려 해도 뿔뿔이 흩어지는 것들을 의義로
부여안을 수밖에 없었다 일기를 쓰다 방바닥에 엎드려 붓
을 쥔 채 울부짖었다 그저 백의종군의 침묵으로 남고 싶었
을 뿐, 아무리 격퇴해도 숫자를 셀 수 없는 무수한 적선만이
눈앞에 있었다 격랑을 바라보며 수루에 올라앉은, 아아 칼
집을 매만지며 가슴을 쓸던 그때로 다시 돌아갈 수 있을까
안개와 함께 내가 나아가야 할 자리가 곧 죽을 자리임을, 나
루 건너 소식은 아직 오지 않는데 잠시 서성대다가 돌아와
약을 발랐다 기어서 적진을 넘어온 서글픈 사내가 속수무
책 방 안에 앉아 있을 뿐, 어디선가 불을 지피는 소리가 처
마에 미끄러져 들어왔다.

*이순신 장군이 모함에 의해 투옥되었다가 27일 만에 풀려나 의금부를 출발
해 합천에 진주해 있던 권율 도원수를 만나기까지 걸었던 길.
**이순신 장군이 백의종군의 명을 받고 가던 중, 여수에서 배를 타고 오시는
어머니를 기다리던 게바위나루터가 있는 곳.
***지금의 통영 한산도 제승당. 이순신 장군은 당시에 이곳을 '운주당'이라
불렀다.

연암* 유문遺文

　첫눈은 내리자마자 대지에 낮게 엎드려 울고 있다
　백성들은 과연 오늘 몇 끼를 때웠을까
　주린 배를 움켜쥐고 울던 어린 아이의 눈망울이
　밤 늦게 읽던 책 위로 아스라이 번져 올라왔다
　당진의 면천** 땅에 이르러서야
　어스름하게 보이는 전답의 긴 빙의
　간밤의 꿈속에서 아련하게만 보이던 아버지의 손을 잡다
가 놓쳤다
　이게 다 선비의 운명이려니 생각하거라
　선친의 손마디에서 사서의 낱장이 찢겨지고 있었다
　눈앞에 보이는 너른 언덕이지만
　눈발 휘날리는 추위에 백성들은 과연 며칠을 견딜 수 있
을까
　낮에는 들판에 나가 하루를 소요했다
　유생들이 모두 돌아간 밤이 되면
　먼 산속에서 무수히 많은 걱정들이 별이 되어 날아왔다
　어제는 죽 한 그릇 먹지 못한 마을 아이가 얼어죽었다
　언 땅을 파고 자식을 묻던 농부의 막막한 눈동자가 가슴
에 아려왔다
　이제 배고픔은 오직 민초들만의 것이 아니듯

길은 사서삼경의 밖에서 조선 천하를 휘돌아가고 있었다
아득한 역사는 바다 건너에만 있는 게 아니었다
초야에서는 시간이 느리게 가는 게 보였으나
그동안 세상을 향해 내뱉었던 탁상공론들이
말을 바꿔 타고 백야의 침묵으로 되돌아왔다
모래알처럼 지난 역사의 조각들을 다시 모으려 해도
뿔뿔이 흩어지는 것들이야 가슴으로 부여안을 수밖에 없
었다
성상께 상소를 올리다 방바닥에 엎드려 짐승처럼 울었다
아전에게서 얻어마신 탁배기 한 잔에 불그레한 얼굴을
호롱불에 비춰보다
그만 나도 모르게 피식 웃고 말았다
동토에 미끄러지는 거센 눈발이 벌써 삼 일째
면천 건너 소식은 이제 올 일 없는데
하루의 업무를 끝내고 돌아와 밤새 과농소초***를 썼다
방 안에 고여 있는 서적들의 체취가
눈물 되어 한숨에 섞여 흩어졌다
한 땀 한 땀 엮은 역사의 바다에 스스로를 가둔 사내가
봉두난발 방안을 서성거리는데
눈발만 삭풍에 말없이 미끄러져갔다.

느티나무와 새 한 마리

느티나무에 어둠이 얹히자
조금씩 가지가 흔들리기 시작했다
조금씩 아주 조금씩 뿌리도 떨기 시작했다
중심에서 미세하게 흔들리다가
이름 모를 새 한 마리 가지 위에 내려앉자
긴 적막이 부풀어오르는 어둠을 달래기 시작했다
밤새 뒤척이던 새 소리는 정처 없었다
탁발을 나갔던 별들이 조용히 귀환하는 때
대지의 중력을 이겨낸 범종 소리는
마지막 서른세 번째 고개에서 잠지 머뭇거리다
종종걸음치며 숲속으로 조용히 사라졌다
어떤 줄기도 어둠에서 벗어날 수는 없었다
예리하게 꺾이는 잎사귀들도
세상의 근심으로 울어대는 새 소리도
스스로를 지키기 위해
부드러움을 애써 꾸미지 않았다
일말의 거짓도 없이
느티나무 한 그루
새 한 마리
저마다의 경전을 암송하고 있었다.

칡

어머니께서 택배로 보내주신 칡뿌리가
아파트 베란다 한구석에서 조금씩 말라간다
굳건히 버텼을 전생의 산자락에서 몸부림치다
제 몸에서 털어낸 흙 알갱이 몇 개로
내게로 오기까지의 먼 이력을 일깨워준다
동그랗게 동그랗게 제 몸을 말아가며
소나무향 가득한 산속에서의 유배를 청산하고
족히 몇 손가락은 될 듯한 제 육신을
고요히 누이고 있다

이제는 다리가 아파 더 캘 수도 없단다
조선의 산자락을 누볐을 어머니의 무릎 연골은
아프게 캐내 다듬은 뿌리 하나에도 남아 있어
나는 이제 몸서리를 치는 것인가
너도 세상의 비탈에서 저렇게 캤단다
내가 캐낸 것 중에서 가장 뿌리가 굵은 놈이었지

아프게 아프게 어둠을 밀고 가는 병원에서의 밤
어머니께서 내게 건네시던 말씀 너머로
산기슭의 찬 기운들이 서서히 닻을 내리는데

말라빠진 칡의 두 다리를
수건으로 닦고 또 닦는다
이 지상에 나만 홀로 낳아두시고
어머니께서 또 떠나가실까봐
입원해 계신 병실 복도 한구석에서
나는 오늘도 말라가는 칡뿌리를 지키고 있다.

바다의 독백

괜찮을 거야
스티로폼에 묶인 그물추가 바람에 날리며
파도 아래, 파도 위에서
제 몸을 맡긴 채
망명국의 깃발처럼 흔들거렸다

부표 밑으로 서서히 깎여나가는
하얀 부유물의 입자들
흘러내린 나의 유서를 등짝으로 받들어
바다거북이 한 마리가 읽고 있었다

한없는 상처가 어디엔들 없을까
언제나 격랑에 둥둥 떠다니기만 할 뿐
기약할 수 없는 심연으로
내 마음은 가라앉지도 정착하지도 못했다

모래사장 위에서는
떠다니다 이내 지상으로 복귀하지 못하는
하얀 인질들이
쯧쯧쯧 쯧쯧쯧

혀를 찬 사람들의 오열 속에서
이미 마지막을 각오한 듯 떠밀려왔다

너를 좋아한다고 좋아했다고 말하자
수염고래가 흰 이를 드러내며 웃기 시작했다
내 뱃속을 통과하지 못하고 나온 것들이야
어판장에서 배를 갈린 생선들의 내장에선
공룡의 썩은 사체 냄새가 풍겨왔다
아무도 그 옆에서 눈을 뜨려고 하지 않았다
중력을 이기지 못한 햇살이
스스로 내려오며 속수무책 부서지더라도
내 안으로 밀려오는 하얀 가루를 감싸안으며
나는 수평선에 서서 또 하나의 다짐을 하는 것이다.

계단

높이를 가늠할 수 없는 긴 언덕 같은
봄날의 맑은 햇살도 비껴드는 지하철 계단에서였다
분주하게 오가는 사람들을 보고 있으면
가끔씩 이를 꽉 깨물기도 했다
지하철 출구 앞에 앉아 행인을 바라보며
방금 따온 쑥과 나물의 퍼런 뒤꿈치를 다듬던 할머니
하얀 각질의 발목이 아픈 세월로 남아
이내 절룩거리는 무릎까지 올라간 모양이다
지친 몸만큼 가벼워지고 있는 바구니에
햇살도 가볍게 앉질 못했다

장사를 마친 어머니께서 돌아오던 그 옛날
아득한 계단의 절벽 같던 골목길
하나둘 밟고 오던 산동네의 계단에선
누군가 저녁밥 안치는 소리가 났다
엄마 엄마 외치며 달려가
치마폭에 파묻히던 네 살짜리 동생의 목소리는
골목길 하나 돌아나가지 못했는데
황사가 씹히는 입술을 혼자서 깨물며
어린 동생의 손을 어머니와 맞잡고 돌아오던 길

안방의 연탄 아궁이에서는 꽁치가 구워져도
해소병에 걸린 아버지의 기침 소리는
판잣집 지붕을 채 넘어가지 못해
굶주린 백구의 달그락거리는 밥그릇 소리에도
소스라치게 놀라던 밤들, 그 유년의 한 조각들

빈 바구니를 들고 지하철 계단을 할머니가 올라간다
봄인데도 아직 쌀쌀한 날씨가 콧잔등을 씻으면
언제쯤 당신의 집에 도착할까
무릎을 쓰다듬다가 계단의 난간을 부여잡고 있는
할머니의 뒷모습이 어슴푸레하다.

목수의 시간

떨지 마라 떨지 마라
처음으로 나무의 속살을 만지던 날
은밀한 제의를 치르는 사제가 되어
나는 얼마나 많은 신열에 들떠 있었던가
따스한 거처를 꿈속에 그려넣으며
몇 개의 못들은 상처를 입고 부서져갔지
내게서 잘려나간 나무들 모두
공평하게 정확하게 노래를 불러대곤
각자가 만날 세상과 필적해갔었네

나뭇결에 새겨져 있을 지난한 이력과
대패의 틈으로 새어나오던 따스한 숨결들
아득한 전생의 뒤꿈치가 갈라질 때마다
그대의 한 생애는 부서지고 틀어지고
맞지 않는 조각으로 긴 세월을 견뎠을
염화의 미소가 가부좌를 하고 있었네

목숨 있는 것들이 스스로 머리를 조아리는 곳에
우리가 갈 수 있는 생의 적소謫所가 있을까
누구나 지나쳐온 발자국들이

툭툭 내리는 눈발에 부복하던 시간
그렇게 부식되는 울음을 견디고 나면
멀리서부터 요람搖籃을 끌고 와
저마다 망명정부 한 채씩 세우던 순간들
한 치의 침묵으로 지새우던 그 불면의 밤.

4부

영혼의 남쪽

밥은 먹고 왔느냐

하루의 일과를 마치고 돌아와
베란다에 있는 화분에 물을 준다
오늘 하루는 어땠니
어느새 옆에 와서 손등을 핥는
강아지의 착한 머리를 쓰다듬으며
분홍빛 발바닥을 살짝 만질 때에도
밥은 먹었니라고 물어보는 것은
신이 내게 허락해주신 하루의 일과

일에 쫓겨 사람에 치여
하루가 벼랑에 서 있을 때에도
매번 생의 비탈길을 올라가며
고단한 몸을 누이고 싶을 때에도
그 한 마디
밥은 먹고 왔느냐
귓가를 울리던 어머니의 음성에서
세상의 온갖 설움이 빠져나오고
홀로 서 있는 것 같다가도
밥 한 그릇의 온기에 은밀하게 스며드는
저 따스한 생의 자리.

모슬포 알뜨르*

반성할 줄 모르는 사람들이 비석을 넘어뜨렸다
갈라놓고 부숴버리고
제 마음도 가루로 만들어
푸른 바다에 내다버렸다

반성할 줄 모르는 족속들은
남의 나라 그것도 모자라
이 아름다운 섬에까지 들어와
비행기를 넣어둘 굴을 파고
섬의 숨통에 탁탁 대못을 박아버렸다

모슬포
보슬비가 슬프게 낙하하는 지하 벙커엔
유일하게 반성할 줄 아는 빗방울이 투신하는데
생각해보면
반성할 줄 모르는 전투기들이
이 순결한 땅을 활주로 삼아 창공으로 비상했더라면
그래 저 착한 지구의 백성들을 향해
반성 없는 폭탄을 떨어뜨렸다면
술 취한 가미카제 특공대의 산화조차도

반성도 없이 찬양했을 것을
상상만 해도 반성할 일인 것이다

상상조차도 반성할 줄 모르는 족속들이 파헤쳐놓은
이 순결한 땅
반성만이 홀로 남아
그날을 반성하고 있다.

＊제주도 서귀포시 대정읍 상모리에 있는 일제 강점기 일본 해군 비행장의 부
속 시설.

을숙도에서 수달이 꿈을 꾸다

저 슬픔은 이제 곧 허물어지겠지
견고했던 날들의 긴긴 배고픔은 결국
고통의 조류를 타고 흘러갈 테니까

을숙도 횟집, 수산시장 102호
수달은 주인 아주머니의 동작을 훔쳐본다
그녀의 동선도 명확하게 꿰뚫고 있는 것이다
문을 닫는 시간들이 파도에 밀려갈 때에도
바다의 언저리에서 그녀의 실루엣이 바람에 나부낄 때에도
수평선을 향해 눈물 한 방울 흘리지 않고 서 있다
상념은 한없이 날아가기만 하는 포구에 결박 중이다
시간은 사선으로 한없이 기울어져 간다
칠흑 같은 어둠 속으로 손님들이 복귀를 끝내면
아주머니는 가게 문을 닫고 수조의 뚜껑은 살짝 열어놓는다
비싸지 않은 것으로 한 마리만 먹거라
그 이상은 나도 힘들단다
수달의 등 위로 쏟아지던 별빛들은
어느새 긴 해안도로로 숨어버리고
대책 없이 바뀐 달의 좌표에
갈 곳 잃은 물고기들이 벌벌 떠는 밤

북두칠성을 향해 가던 조류가 바람에 헐려도
긴긴 배고픔이 별빛처럼 떠오를 때에도
수조에서 건져온 물고기 한 마리를 배 위에 올려놓고
옛날 어머니께서 불러주시던 자장가를 듣는다
한 입 베어물 때마다 서서히 번져가는 삶의 부표들
한 치의 오차도 없이 떨어지던 아침의 이슬들은
먹다 버린 생선 가시 하나에도 송글송글 맺혀 있었다
한때 탕진했던 꿈으로 귀환할 수 있을까
수달의 등 뒤로 터벅터벅
을숙도의 아침이 걸어오고 있었다.

순례기 巡禮記

아파트 분리수거장 귀퉁이에 낡은 옷장 한 채
오롯이 혼자 앉아 있다
모서리는 닳아 있고 문 한 짝은 찌그러진 채로
딱지 앉은 상처엔 허름한 테이프만 감겨 있다
문짝의 삐거덕거리는 소리는 바람에 날리고
밤새 내리는 비에 맞춰
이내 옷장은 그릉그릉 울기 시작한다
비가 그친 오후 한나절
무뎌해진 모서리를 스스로 만지고 있다가
내가 시선을 거두자마자 그릉그릉
또 앓는 소리를 내기 시작한다
누군가의 체온으로 하루를 나눠 갖고
당당하게 손잡이를 내어주었을 그의 손목엔
무수한 세월의 봉분이 덮여 있다
그 사이 산그림자가 가까이 내려왔고
그늘도 잠시 곁에서 쉬었다 갔다
곤궁했을 시절을 떠올려본들
하늘에서 내려오는 별빛만큼이나 기억이 선명할까
당신들의 몸에서 매몰된 미래로 툭 내던져진 날
한세상 지내야 할 과업을 짐승처럼 받으며

어둑하게 저물어가는 저 가시밭길을
이렇게 맨발로 걸어갈 줄이야
가벼운 것들은 서서히 하늘로 돌아가
저마다의 별빛들로 물드는 밤이면
수습할 수 없는 삶의 유해들이
맑고 순결하게 빛을 발하고 있으므로
이제 최후의 고백은 어제처럼
모서리에서도 그릉그릉 앓는 소리를 내고 있다
하루의 햇살도 결국 모서리가 닳아 노을이 되듯
삶의 모퉁이는 어디에서 저렇게 닳아
내리는 비를 다 맞으며 울고 서 있을까
옷장이 있던 자리엔 어둠만 정박해 있고
그릉그릉 앓는 소리 또 어디선가 들려오자
누군가 분리수거장에서 옷장 하나를 버리고 있었다.

이중섭거리*

굵은비가 내리자 그의 그림자가 오후의 거리로 나섰다

기억 속으로 들어간 환영들은 기아에 허덕이고 있었는데
정작 배고픔과 추위에 떨고 있던 건
그가 아니었다, 비로소 목숨 있는 것들은
낡은 캔버스 안쪽에서 반짝이는 그의 눈빛 속으로
주저하던 사람들의 기대되어 폭풍우처럼 몰려오고 있었다
남쪽 끝에서 그가 의탁했던 돌담길만이
화순항 앞으로 휘돌아나가자
그는 어둔 하늘에 낡은 붓을 들어
깊어가는 저녁을 향해 성호를 그었다

어머니를 두고 떠나온 세계는 이미 갈 수 없는 곳
사랑했던 고향은 더더욱 회복할 수 없는 곳이 되어버렸다
밤바다에 떠오른 별들을 보며
걷고 또 걸어 정착한 알자리 동산에는
작은 고요가 유채꽃처럼 흩날리는데
함성과 울분과 촛불이 흩날리던 가슴은 간 곳 없고
한 평 반의 작은 방으로
몇 번의 계절이 통과해가고

서럽게 비가 내렸으며 때때로
살갑던 햇살도 결국 서귀포를 떠나버렸다
또다시 불면의 밤 이외의 달리
길이 없었다

저 멀리 왼쪽으로 섶섬이 둥글져 나가는 곳에서
게를 그리던 추억이 명멸해갔다, 그리고 그려도
대의가 사라진 거리엔 생계가 넘쳐났지만
낡은 캔버스 위로 떨어지기만 하던 아늑한 햇살들
그가 붓을 내려놓자 화첩의 비서秘書 위로
그동안 읽어온 예술 서적들이 불태워졌다

쓸쓸한 주막집에 사람들이 몰려들고
그도 붓을 고쳐쥐며 시선을 들어올렸지만
아무도 그에게 화폭의 이야기를 묻지 않았다.

*1950년 한국전쟁이 발발하자 1951년 1월 이중섭은 가족을 데리고 서귀포
에 거주하면서 작품 활동을 하다가 같은해 12월 부산으로 떠났다. 이중섭의
예술혼을 기리기 위해 설립한 미술관과 그가 살았던 집이 제주도 서귀포에
있다.

응봉 봉수대*

낙동강의 가슴과
몰운대 앞바다의 능선이
쾌청한 날이면 장막처럼 펼쳐진 곳
단 하나의 소식이라도 전하기 위해
천 년을 우뚝 선 채로
두송산 꼭대기에서 서서히
혼자 닳아가는 바위가 있다네
썩을 대로 파헤쳐진 가슴을
오롯이 발아래쯤 새겨두고
저 멀리 애타는 기별이 올까
밀려오는 걱정을 떨쳐내느라
언제나 타오를 메마른 장작이 되어 있었다네
두근거림은 어디에도 새길 수 없어
스스로 저녁의 햇살을 부여잡고
하늘에서 내려오는 세상의 작은 정적에도
귀를 쫑긋 세우고 몸부림치던 시간들
더 이상 거칠 것 없는 곳에
마지막 삶의 좌표를 새겼을까
해풍에 길들여진 절벽들은
저마다의 기다림으로 굳어져가고

마침내 거역할 수 없어 메말라가는
돌마다 새겨진 기원들이
오래 전 전설로 마음에 남아 있다네
초봄이 오면 저 길었던 인고의 시간들
하나둘 내어다 햇볕에 말리고선
산꼭대기마다 꽃잎은 피어오른다네
수천의 불꽃들이
계절의 마지막을 합창하고 있다네.

*부산광역시 사하구 다대동 두송산에 있는 조선 시대의 봉수대.

말목장터*에 눈 내리는데

하염없이 내리는 폭설을 맞으며 감나무 한 그루 서 있습니다 시린 손을 불며 나무의 밑둥을 어루만지자 서툰 노래한 소절을 배들평야로 날려보냅니다 갑오년의 밤부터 수없이 많은 어둠을 홀로 견뎠을 작은 풀들조차 속울음을 삼키고 있는, 쓰러져간 농부의 피가 새겨져 있는 말목장터의 지난 날이 눈발을 향해 거침없이 내달리고 있는 겨울의 한 정점입니다

이곳에서 결의를 하고, 의분을 참지 못한 함성들 하늘을 향해 평등하게 메아리칠 때 내리는 저 눈발, 무엇 하나도 빼놓지 않고 소외되지 않게 덮어주는 저 찬란한 이불 같은 손길들

고여 있어 썩은 물은 흘러가지 못하고, 한 번 악취를 풍긴 것들은 제아무리 부패해도 제 고름조차 짜내지 못하는, 빼앗긴 백성들도 제 몸의 환부를 도려내지 못한 채 끊임없이 흘러가기만 했던 시간 시간들, 아아 내가 꿈꾸는 세상으로 바꿀 수 있을까

이곳까지 흘러오는 동안 발뒤꿈치의 때를 벗겨내고 지상

에서 가장 평등한 시간에 이 한 몸을 의탁하렵니다 횃불이 모여 더욱 단단해진 팔뚝들, 개망초 꽃망울 사이로도 함성은 번져나갔을 겁니다 그래, 이제 시작이다, 되돌아갈 곳이 없다는 건 어디에서든지 뿌리를 내릴 수 있다는 것

장터에서 죽창을 들고 사발통문을 돌렸을 머슴아이마저 소름끼치게 만드는, 돌을 뚫고서라도 터져나오는 녹두장군의 포효에 몸을 부르르 떨며 지난 날의 상처가 만들어준 흉터 하나 몸에 꿰고 그들은 단단한 결의를 하였을까요

저 멀리 보이는 전라 감영군의 깃발을 보며, 지상에서의 최후의 단내를 솔솔 풍기는 밥 짓는 연기 속으로 이제 우리를 띄울 차례였습니다 평등하게 차려진 보리밥 한 덩이의 밥상을 위하여 화승총을 높이 들 때였습니다.

*전라북도 정읍에 있는 장터로 동학농민운동의 최초 봉기 장소.

출항제出港題

고등어 떼를 알리는 선장의 종소리가 울리자
갑판 위에 선원들이 바빠진다
일점이 톤의 닻을 내려주고 부표를 던지자
긴 그물이 융단처럼 바다에 깔린다
한 번의 조업으로 만선을 꿈꿀 수 없다면
아아, 결코 돌아가지 않으리라
비바람으로 몸을 떨던 바다는
언제나 공평하게 모든 걸 내어주지만
부표를 걷어올릴 때 품었던 희망들은
언제나 오롯하게 갑판 주변을 맴돌기만 한다
그물이 올라올 때마다 풍겨오는 이 비릿한 희망들
억센 파도를 헤치고
수억 년의 세월을 온몸으로 잉태한 생명체들
뱃전에 양망기 소리 울릴 때마다
비늘을 튕기며 울려 퍼지는 고함소리가
수평선 너머까지 여울져 나갔다
심연을 가르며 나아가는 물고기 떼의 날갯짓이
흰 눈 되어 낙하하는 축제의 공간
누구든 이 기쁨을 탈취하지는 못하리라
양망기에 힘을 실으면 실을수록

굵어지는 팔뚝에는 낯익은 해조음이 내려앉아 있을 테지만
기나긴 시간들을 파도로 단련한 뭇 목숨들이
저마다 거친 숨을 몰아쉬면서도
바다는 우리에게 섣불리 경계선을 긋지 않는다
그물처럼 뒤틀어진 허리가 바로 세워질수록
저 거친 광야에선 해풍이 달려오고
멀리선 항구의 불빛이 모든 걸 감싸주고 있었다.

이택재*행行

새벽의 풋잠에서 잠시 깨어났을 때
기나긴 여정을 끝낸 것처럼 솟을대문 앞에 서 있습니다
꿈만 꾸기에도 너무 벅찬
태고의 세월을 거슬러온 열의가 이곳에 모여 있었습니다
닳은 채로 계절을 떨치고 나갔던 잎사귀들은
조금씩 생의 귀퉁이가 무거워졌습니다
햇살이 먼 그리움으로 관통하던 아침 한때
영장문 위에 새 한 마리 날아왔다가
팔작지붕 건너 날아가버렸습니다.
사숙당에는 풍요로운 햇볕이
하루 종일 서툰 가을을 다독이고 있습니다
본채의 뜨락마다 휘돌아나가는 바람들은
또 언제 이곳에 안착할 수 있을까요
백성의 삶들이 메말라버린 곳
세상을 한 번 바꾸겠다는 마음들이
서로 이어진 두 개의 연못처럼 모여
마르는 일이 없이 물을 대두고 있었습니다
저토록 살아야 했을 것을 하고 후회했다가
유배된 가을 햇살에 그만 눈을 감아버렸습니다
담장 위에 가득찬 고요가 제풀에 겨워 쓰러질 때

흐르면 흐르는 대로 저렇게 흘러가는 연못이 되어
이루지 못한 꿈일랑
저 우람한 느티나무에 묻어두렵니다
이택재 뒤로 저물어가는 인고의 세월들
한때 이곳에서 꿈꿨던 태평성대의 기원들이
길었을 고독의 격랑을 가슴에 품고 있습니다.

＊경기도 광주에 있는 실학자 안정복의 사당.

무성서원*에서

칠보산 자락이
멀리서도 넉넉한 품을 열고
성황산 뒤로 개천은
오랜 시간을 견디며 흐르고 있습니다
현가루**는 스스로 격멸하는
옛 가르침들을 촘촘히 부여안고
배산임수의 명당이 오붓하게 펼쳐진 곳
팔작지붕을 난세의 힘으로 지탱하고 있는 강당은
그 옛날 유생들의 글 읽는 소리로 남아
저만치 쟁쟁하게도 서 있습니다
성현의 음성이 아련하게 들려오는 곳에서도
구한말 이곳에 모인 의병들은 병오창의의 일념으로
마지막을 처음처럼 의義를 외치며
을사늑약의 늪을 건너가고자 했을까요
의義는 스스로의 무거움으로
가볍게 흘러가지 않음을
의병들 저마다의 그림자로 남아 있음을
매 순간 죽음이 어둠을 건너가도
조용히 늙어가는 서원 한 채
세월의 거스름 속에서도 세상을 난통하며

끓어오르는 내면의 혁명을
스스로 보여주고 있었습니다.

* 전북 정읍시 칠보면에 있는 서원으로 유네스코 세계문화유산으로 지정되
었다.
** 무성서원 입구에 있는 누각.

밥이나 한번 먹자고 말이나 할걸

후회하고 있을까
스스로 우는 법을 배우지 못했으니
스스로 강해지는 지름길을 알지 못했다

사랑이 저만치 달아나더라도
마음만은 딴 곳에 두지 않았으나
너는 천사의 지친 날개를 거둔 채
나 홀로 남겨두고
네 그림자는 골목길로 사라진다

옹색했던 말
차마 입술 밖으로 꺼내기 어려웠던 말은
이미 낯선 어둠에 내어주었다

저 꽃잎이 떨어지면
나는 네게서 잊히겠지만
그래도 한번
밥이나 먹자고 할걸
그 말이 그렇게 어려운 것인 줄을
지긋지긋하게 내리던 장맛비 그치고야 알았다.

112

화순 운주사

신혼부부 한 쌍이 막 싸우고 있습니다
이게 뭐냐고
신혼여행을 외국으로 간다고 해놓고
겨우 여기냐고
금가락지 쌍가락지 풀어 땅바닥에 던져두고
새색시는 돌계단에 앉아 서럽게 웁니다
신랑은 머쓱한지 앞장서서 달려가다가
다시 돌아와서는 제 색시를 달래네요
그놈의 주식이 뭔지 원금만 되찾으면
하와이로 유럽으로 신혼여행을 다시 가자고
운주사 부처님 앞에서 큰소리를 치고 있네요

초봄의 바람이 불어와
부처님도 누워 계시는 화순 운주사
얼핏 옆에서 엿들은 나는
하염없이 잔기침만 하고 있습니다
나도 저럴 때가 있었을까 하고 생각하다가
먼저 먼 길 떠나간 아내를 묻어두고
혼자 걸어온 운주사를
울면서 혼자 내려갑니다.

내가 너의 시가 될 수 있다면

그럴 수만 있다면
너에게 나의 시를 보여주고 싶다
내 마음의 민낯을 적셔주고 싶다
밤을 지새운 날들의 기억이
저 멀리 달아나려는 아침에 기대더라도
그럴 수 있다면
할 수만 있다면
밤안개 살포시 내려와 방둑에 자리잡고
지친 꽃들의 어깨를 감쌀 때에도
너의 과거를 말해주듯이
내가 얼마나 많은 편지를 썼다가 지웠는지
새벽에 달아난 아름다웠던 문장들이
오로지 너에 대한 생각으로
힘에 겨워 사라져 갔었는지
꽃이 지고 피는 사이
함께해온 애태움이 저 강을 건너가
너의 어둠 속에서 갈기를 휘날리다
내게로 돌아와 시가 되었는지
그럴 수 있다면 할 수만 있다면
지는 해의 가슴 속으로 망명해갔던 기억들을

네가 내게 그랬던 것처럼
시가 되어 조용히
아주 천천히.

다시, 봄날을 기다리며

고봉준/ 문학평론가

　　이용호 시집의 표제인 '너와 나의 중립국'은 두 가지 방식으로 해석될 수 있다. 이 제목은 「시인의 말」에 나오는 "너와 내가 우리가/ 머무를 수 있는 천국과 지옥 사이/ 그 중립국에서"라는 구절에서 가져온 것으로 보인다. 이 진술에 비추어 '중립국'의 의미를 추측해보면 그것은 "천국과 지옥 사이", 즉 천국도 아니고 지옥도 아닌, 전적인 긍정과 부정 사이의 어떤 지점을 지시하는 것으로 읽힌다.

　　천국이 결핍이 없는 세계라면, 지옥은 충족이 존재하지 않는 세계일 것이다. 따라서 중립국이란 그 '사이', 그러니까 정치적인 의미보다는 점이지대로서의 현실을 가리키는 듯하다. 이는 이 구절 다음에 등장하는 "한 생애를 비명처럼 살고 있는/ 그대에게 우리에게"라는 대목을 읽으면 한층 분명해진다. 시인에게 현실은 천국과 지옥 사이의 그 어디쯤이다.

　　그런데 이용호의 시에서 이 현실에 대한 감각은 '나'의 이

116

야기, 즉 개인적 감각으로 귀결되지 않는다. 이 대목에서 우리는 표제에 등장하는 '너와 나'라는 표현에 주목해야 한다. 시인에게 중립국으로서의 현실은 '나'만의 것이 아니다. 그 현실에는 이미-항상 '너'라는 존재가 있다. 일반적 상식에 따르면 시는 지극히 개인이고 주관적인 세계이다. 이 주관의 세계에는 사실 타인, 즉 '너'의 자리가 없다. 반면 이용호의 시에서 세계=현실은 '나'의 세계와 '너(타인)'의 세계가 중첩된, 그리하여 어느 하나의 세계로 환원되지 않는 상태로 그려진다.

따라서 시집의 표제에서 '중립국'이라는 단어보다 중요한 것은 그곳이 '너와 나'가 함께 살고 있는 세계라는 사실이다. 중립국은 '나'만의 세계가 아니며, 그렇다고 '너'만의 세계도 아니다. 그곳은 '우리'의 세계이며, 이용호의 시에서 그곳에서의 삶은 '비명'과 같다. 그의 시는 이 비명의 시공간을 함께 살아가는 무수한 '너'를 향해 건네는 위로의 전언이자 연대의 손짓으로 읽을 수 있다.

구름이 점령한 하늘은
이대로 돌아갈 수 없는 식민지가 되었다
습기를 머금은 작업복을 입은 채로
일자리를 찾지 못한 사람들만 비에 젖어갔다

정착하지 못한 불안 사이로
게릴라처럼 매복하는 은행잎들
하루를 일 년처럼 애태우다가

끝내 노란 울음으로 세상의 변두리에 나설 때
수북한 담배꽁초에 불어오던 바람으로
그들 생의 한 귀퉁이는 허물어졌다

버려야 할 사랑과 내려야 할 정류장을
정확하게 계산할 줄 아는 인류들이 거리를 장악했다
우산을 쓰는 기울기에 따라
옷이 비에 얼마나 젖는지
눈에 들어가는 힘만큼 의심을 품는다

아침을 밥처럼 술 마시는 인부들은
언제나 원점으로 회귀하는 날들에 도취돼 있었다
구할 수 없는 일자리의 시간을 남기고선
너도 나도 인력소개소의 한구석으로 쫓겨나고 말았다

중심에서 멀어진 사람들 사이의 경계선에서
번져 오르는 취기와 평행선을 이룬 눈물의 격랑만이
얼마나 많은 한숨 속에 뿌려지는지
비에 젖지 않으면 스스로를 견뎌내지 못했다

어제 내린 비의 전생에서 쏟아지는 안개들의 주검들
그 속엔 독해할 수 없는 사연들이 점층법처럼 쌓여가고
빗방울조차도 필사적으로 낙하하는 도시의 밤
웅크리고 있다가 이제야 기지개켜는 고양이들의 눈망울만
넘어갈 수 없는 국경 밖으로 사그라들고 있었다.

　　이용호에게 시를 쓰는 일은 동시대적 현실 속에서 고통의 시간을 견디며 살아가는 타인, 즉 주변적 존재들을 향해 연대의 손을 내미는 행위처럼 보인다. 19세기의 사상가 알렉시 드 토크빌은 타인의 존재에 대한 무관심이 상식이 된 현대를 가리켜 "자기 자신 속에 은거한 사람은 타인의 운명에 아무런 관심이 없는 사람처럼 처세한다. (…) 시민들과의 접촉은 가능하지만 그들을 느끼지는 않는다"라고 비판했다. '시'라는 장르가 철저하게 일인칭의 감각과 감정을 표현한 것으로 간주되는 지금, 그리고 공적 영역이 축소됨으로써 삶이 개인의 생존으로 축소되어버린 오늘날, 사회의 가장자리로 내몰리고 있는 존재를 응시하는 이용호의 시적 태도는 묵직한 울림으로 다가온다.

　　'대의'가 사라지고 "거리엔 생계만 넘쳐"(「이중섭거리」)나는 현실에서 이러한 시선이 그들의 고통에 아무런 현실적 도움이 되지 않는다는 사실을 모르지 않지만, 타인의 불행과 고통은 그가 시를 쓰는 이유 가운데 하나이기도 하다. 이용호의 시에서 이 불행한 삶의 주체는 대개 주변적 존재, 즉 자본이 지배하는 세계에 자신의 자리를 갖고 있지 않거나 세상의 변방으로 떠밀려 나가는 존재들이다.

　　「호우주의보」에 등장하는 인물들을 살펴보자. 우리 사회에는 '비'가 오면 일당을 벌 수 없어 생계가 위협받는 사람들이 존재한다. 이 시의 도입부에 등장하는 "습기를 머금은 작업복을 입은 채로/ 일자리를 찾지 못한 사람들"이 바로 그들이다. 매일 새벽 '인력소개소'를 통해 일자리를 찾아야 하는 일용직 노동자들에게 '비=호우주의보'는 단순한 일기 日氣 이상의 의미이다. 하루의 노동을 팔아 하루치의 생계비를 마련해야 하는 이들의 삶은 "언제나 원점으로 회귀하는 날들"이라는 구절처럼 지루한 반복의 연속을 통해 겨우 유지된다.

그런데 누군가에게는 지루한 반복으로 느껴지는 이것이 이들에게는 오늘 하루의 식량이다. 시인은 일용직 노동자들이 "인력소개소의 한구석으로 쫓겨나"는 장면을 바라보면서 모든 것을 "정확하게 계산할 줄 아는 인류들이 거리를 장악"한 현실을 떠올린다. 자본주의적 감각과 스마트폰이라는 이기利器로 무장한 현대인에게 삶은 정확한 예측과 계산의 연속이다. 현대인들은 "버려야 할 사랑과 내려야 할 정류장"만이 아니라 실시간 날씨, 버스와 지하철의 도착 정보, 최단거리 이동 경로 등 모든 것을 정확하게 계산하며 살아간다.

반면 자신의 시간을 팔기 위해 인력소개소를 찾은 사람들에게는 그런 예측 능력이 없으며, 설령 갖고 있다고 해도 그것이 하루의 생계를 해결해주지는 못한다. 시인은 이런 존재들을 "중심에서 멀어진 사람들"이라고 호명하고 있다. 비로 인해 자신의 하루를 팔지 못한 사람들, 그리하여 인력소개소의 한구석으로 쫓겨난 존재들은 취기와 눈물의 격랑에 휩쓸려 한숨 속에서 시간을 보낸다. 시인은 일자리를 찾지 못해 작업복을 입은 채로 비에 젖어가는 그들의 모습에서 "비에 젖지 않으면 스스로를 견뎌내지 못"하는 삶의 비애를 읽는다. 시인에게 빗방울이 필사적으로 낙하하는 도시의 밤은 "어제 내린 비의 전생에서 쏟아지는 안개들의 주검들/ 그 속엔 독해할 수 없는 사연들이 점층법처럼 쌓여가고"라는 진술처럼 세계의 불투명성으로 경험된다. 이 비극성이야말로 세계를 경험하는 시인의 근본적인 정서인 듯하다.

아파트 분리수거장 귀퉁이에 낡은 옷장 한 채
오롯이 혼자 앉아 있다
모서리는 닳아 있고 문 한 짝은 찌그러진 채로
딱지 앉은 상처엔 허름한 테이프만 감겨 있다
문짝의 삐거덕거리는 소리는 바람에 날리고
밤새 내리는 비에 맞춰
이내 옷장은 그릉그릉 울기 시작한다
비가 그친 오후 한나절
무던해진 모서리를 스스로 만지고 있다가
내가 시선을 거두자마자 그릉그릉
또 앓는 소리를 내기 시작한다
누군가의 체온으로 하루를 나눠 갖고
당당하게 손잡이를 내어주었을 그의 손목엔
무수한 세월의 봉분이 덮여 있다
그 사이 산그림자가 가까이 내려왔고
그늘도 잠시 곁에서 쉬었다 갔다
곤궁했을 시절을 떠올려본들
하늘에서 내려오는 별빛만큼이나 기억이 선명할까

당신들의 몸에서 매몰된 미래로 툭 내던져진 날

한세상 지내야 할 과업을 짐승처럼 받으며

어둑하게 저물어가는 저 가시밭길을

이렇게 맨발로 걸어갈 줄이야

가벼운 것들은 서서히 하늘로 돌아가

저마다의 별빛으로 물드는 밤이면

수습할 수 없는 삶의 유해들이

맑고 순결하게 빛을 발하고 있으므로

이제 최후의 고백은 어제처럼

모서리에서도 그릉그릉 앓는 소리를 내고 있다

하루의 햇살도 결국 모서리가 닳아 노을이 되듯

삶의 모퉁이는 어디에서 저렇게 닳아

내리는 비를 다 맞으며 울고 서 있을까

옷장이 있던 자리엔 어둠만 정박해 있고

그릉그릉 앓는 소리 또 어디선가 들려오자

누군가 분리수거장에서 옷장 하나를 버리고 있었다.

—「순례기巡禮記」 전문

　이용호의 시세계는 세계/사회의 가장자리, 또는 그곳에 존재하는 것들의 형상을 중심으로 그려진다. 이번 시집에 등장하는 아파트 분리수거장 한 귀퉁이에 버려진 "낡은 옷장 한 채"(「순례기巡禮記」)와 "버려진 의자"(「의자」) 등이 주변적 존재의 사물적 형상이라면, "일자리를 찾지 못한 사람들"(「호우주의보」)이나 "지하철 출구 앞에 앉아 행인을 바라보며/ 방금 따온 쑥과 나물의 퍼런 뒤꿈치를 다듬던

할머니"(「계단」) 등은 주변적 존재의 인간적 형상이라고 말할 수 있다.

이용호의 시에서 모든 존재는 시간의 불가역적인 흐름 속에 놓여 있다. 따라서 "낡은 옷장 한 채"나 "버려진 의자" 등의 사물에서 우리는 시간의 질서에 따라 풍화되고 있는 사물의 형상을 발견하게 된다. 「순례기巡禮記」는 아파트 분리수거장에서 발견한 낡은 옷장에 관한 이야기이다. "모서리는 닳아 있고 문 한 짝은 찌그러진 채로/ 딱지 않은 상처엔 허름한 테이프만 감겨 있다"라는 묘사에서 알 수 있듯이 낡은 옷장은 이미 제 기능의 대부분을 잃어버린 상태이다.

하지만 여기에서 시인의 관심은 옷장의 형태나 기능이 아니라 존재 그 자체이다. 시인은 반복적으로 옷장이 "그룽그룽" 소리를 내며 운다고 표현한다. "그룽그룽"은 존재가 자신의 존재를 알리는 소리이자 시인이 낡은 옷장을 버려진 사물 이상으로 인식하게 만드는 매개라고 말할 수 있다. 이 낡은 옷장이라는 사물에서 시인이 발견하는 존재성은 대개 낡아가는, 혹은 늙어가는 모습처럼 시간의 질서에 엮여 있다.

가령 그는 버려진 옷장의 손잡이에서 "무수한 세월의 봉분"이 덮여 있음을 발견한다. 그리고 시인은 옷장을 통해 환기되는 낡음/늙음이라는 실존적 사건에 "어둑하게 저물어가는 저 가시밭길을/ 이렇게 맨발로 걸어갈 줄이야"처럼 인간적인 의미를 부여한다. 이러한 인식론적 유사성으로 인해 시인은 "하루의 햇살도 결국 모서리가 닳아 노을이 되듯/ 삶의 모퉁이는 어디에서 저렇게 닳아/ 내리는 비를 다

맞으며 울고 서 있을까"라는 처연한 아름다움을 간직한 표
현에 도달하게 된다.

　　자식들의 든든한 언덕이 되고자
　　천 년을 하루처럼 앉아 있던 버팀목의 시간
　　부풀려진 튼살에 생을 수습 당한 맨발로
　　지상의 모든 아침이 소리 없이 불려나오고
　　기약할 수 없는 날들로 배를 채우기 위해서는
　　날마다 가늘어질 수밖에 없었을까
　　애달픔은 아디에서도 견딜 수 없어
　　내 어머니의 두 다리를 말없이 보는 날이면
　　뒤돌아가는 바람이 제 어둠에 지쳐갈 때에도
　　하루의 생을 거칠게 밀고 올라갔던 기억들만 남는다
　　세상의 모든 어머니들의 다리는 가늘어지고
　　부목을 갖다 댄 곳에서는 낡아가는 소리가
　　노을빛 속으로 가득 울려 퍼지는데
　　어느 아들의 슬픈 노래였을까
　　소도 비빌 언덕이 있어야지 하시며
　　쌈짓돈을 내어주시던 어머니의 가느다란 다리
　　봄이 오면 다시금 피어오를 저 꽃잎들 속에
　　골짜기마다 수많은 의자들이 모여
　　절뚝이며 절뚝이며 남은 생의 봄날을
　　하염없이 걷고 있을 것이다

　　　　　　　　　　　　　　　　　　-「의자」부분

시인에게 어머니의 의미는 각별하다. 이번 시집에는 「나의 늙어가는 옛 애인에게」, 「계단」, 「침」, 「밥은 먹고 왔느냐」 등 어머니에 관한 작품들이 다수 수록되어 있다. 시인에게 어머니의 존재가 특별한 의미를 갖는다는 사실은 세 번째 시집의 제목에서도 확인된다. 세 번째 시집 『팔순의 어머니께서 아들의 시집을 읽으시네』의 자서自序에는 "나의 영원한 늙어가는 옛 애인인 어머니께 이 시집을 바친다"라는 시인의 헌사가 포함되어 있다.

이번 시집에는 이 헌사의 한 구절을 제목으로 삼은 작품인 「나의 늙어가는 옛 애인에게」가 수록되어 있다. 여기에서 늙어가는 옛 애인은 어머니를 가리킨다. 어머니를 가리켜 "늙어가는 옛 애인"이라고 표현한 이유는 그녀를 볼 때마다 시간의 흐름이 느껴지기 때문이다. 이런 맥락에서 "쓸쓸히 늙어가는 것들이/ 생의 아픔으로 밀고 가는 추억들/ 그곳에 서 있는 너는 혼자가 아니었다"라는 진술에 등장하는 추억의 시간 속에는 시인의 자리, 즉 "스무 살의 시간들"도 포함되어 있다고 말할 수 있다.

세상에 존재하는 모든 것은 시간의 법칙, 즉 낡음/늙음의 운명에서 벗어날 수 없다. 이 시간의 법칙은 생명체에게만 해당되는 것이 아니다. 인간에게 '추억'의 의미가 각별한 까닭도 생명체로서의 우리가 시간의 법칙에서 자유롭지 않기 때문일지 모른다. 어쩌면 인간의 삶에서 추억이나 기억이 중요한 이유는 그것이 속절없이 흘러가는 시간의 흐름에 저항하려는 심리가 만들어낸 산물이기 때문이 아닐까.

인간은 종종 추억의 힘을 빌려 생生을 밀고 나간다. 시인은 이 삶-시간의 법칙을 늙어가는 어머니에게서 발견한다. 요컨대 이용호에게 '낡음'과 '늙음'은 시간의 흐름 속에 놓인다는 점에서 동일한 현상이며, 이러한 시간 인식으로 인해 늙어가는 '어머니'와 낡아가는 사물들 사이에 등치 관계가 성립될 수 있다. 인용시에서 이러한 등식은 "세상의 모든 어머니들의 다리는 가늘어지고"(「의자」)라는 진술에서 확인되듯이 연약한 '다리'라는 시각적 유사성에 의해 한층 강화되고, 이것은 병실에서 어머니의 연약한 다리를 닦는 행위를 가리켜 "말라빠진 칡의 두 다리를/ 수건으로 닦고 또 닦는다"(「칡」)라고 표현한 장면에서도 동일하게 반복된다.

한때는 그렇게 울고 갔을 기억들은
깊은 밤이 되면 자꾸만 침묵처럼 낡아간다
저 혼자 푸르렀던 과거의 시간들
우리들 생애의 모퉁이로 내려앉을 때
그대는 결코 내가 건설할 수 없었던
저 거친 광야의 식민지
바람이 갈 수 없는 고독의 끝까지 내달리던
비루했던 우리들의 마지막 망명정부 한 채
푸르기만 했던 우리들의 시절은 늘 멀리서
스스로 진저리를 치며 사라져갔었지
그대에게 망명하고 싶어
모든 걸 다 버리고
우우우 만주 벌판을 말 달려가면
내 애마는 초원 한 귀퉁이에서

서럽게 서럽게 울어대기만 했었어

　　만주 벌판이든 바이칼호든 간에

　　침묵을 비웃으며 마음껏 달려갔으면

　　어제는 지친 혁명의 시간들이

　　오늘은 다시 타오를 수 있기를

　　누구나 한 번쯤은 언제라도 좋을

　　푸르른 망명정부 한 채 세워봤으면.

　　　　　　　　　　　　　—「우리들 생애의 푸른 망명정부」전문

　이번 시집에는 시간에 대한 감각이 도드라지는 작품들이 많다. 특히 시집의 전반부에 배치된 작품들, 시인의 실존적 문제나 과거에 관한 기억과 회고의 내용이 등장하는 작품들이 대표적이다. 이 작품들에는 오롯이 한 개인의 과거사에 관한 이야기도 존재하지만 '혁명'으로 표상되는 저 뜨거웠던 연대의 흔적이 '이익'과 '생계'의 문제로 귀결된 자본주의적 현실에 대한 페이소스가 화인火印처럼 새겨져 있다. 이 시에서 '밤'은 기억, 즉 과거의 시간이다. 화자에게 깊은 밤은 '기억들'이 되살아나는 시간이다. 그런데 그 시간은 "저 혼자 푸르렀던 과거의 시간들"이라는 진술처럼 현재와 화해할 수 없는, 따라서 현재의 질서와 동떨어진 곳에 존재한다. 이 기억 속의 시간이 후반부에 등장하는 '혁명'이라는 시어와 연결되어 있음을 추측하는 것은 어렵지 않다.

　화자에게 "우리들의 시절"은 "바람이 갈 수 없는 고독의 끝까지 내달리던/ 비루했던 우리들의 마지막 망명정부 한 채/ 푸르기만 했던" 시간이었다. 하지만 지금, 그 망명정부는 존재하지 않는다. 아니, "저 혼자 푸르렀던 과거의 시간들"조차 이제는 침묵처럼 낡아가고 있다. 사전적 의미를 조금 벗어나서 말하자면 '망명정부'는 대안적 질서이자 수락할 수 없는 현재와 싸울 수 있는 내적 근거라고 이야기할 수 있다. 어떤 이에게는 예술적 이상 세계가 그것일 수 있고, 또 어떤 이에게는 종교적 초월 세계가 그것일 수 있다. 그리고 저 뜨거웠던 1980년대를 살아온 세대에게는 '혁명'이 바로 그것이었다.

하지만 "푸르기만 했던 우리들의 시절"을 온통 뒤덮고 있었던 혁명에 대한 기대는 지금 생계와 이윤이라는 차가운 경제법칙으로 인해 그 흔적조차 찾기 어렵다. "혁명은 안 되고 나는 방만 바꾸어버렸다"(「그 방을 생각하며」)라는 시인 김수영의 탄식처럼 '혁명'과 '생계/이윤' 사이의 낙차는 시인의 내면을 피폐하게 만들었던 듯하다. 작품의 마지막에 등장하는 "어제는 지친 혁명의 시간들이/ 오늘은 다시 타오를 수 있기를/ 누구나 한 번쯤은 언제라도 좋을/ 푸른 망명정부 한 채 세워봤으면"이라는 진술에서 묻어나는 간절한 기대야말로 푸른 청춘의 시간을 상실하고 자본의 논리가 지배하는 세상에서 살고 있는 시인의 내면 풍경을 잘 보여준다.

그 시절이 행여 찬란하게 소멸한다 해도
우리가 나누었던 깊은 밤 술잔 속에는
다하지 못한 봄의 얼굴이 너그럽게 담겨 있겠죠
그대는 어떻게 이날들을 견디고 계신지요

세상 그 어딘가의 끝에 가서

생애의 절벽을 마주보고 흐느낄 때도

비어 있는 그대의 가슴 속으로 안착하는 별들은

사방에 봄이 왔음을 온몸으로 알리고 있겠지요

우리의 사랑도 진한 꽃내음과 함께

여기에 왔음을 또 말하려 해도

계절의 가슴은 늘 꽃들로 하루하루 새겨지고 있잖아요

세상이 호명한 생의 밀서들은 언제나

바람에 이리저리 날리고 있어도

복사꽃 잎들 성호를 그으며 떨어져 내려도

땅 위에 직립하는 햇살들은 저마다

경외감 속에 하루를 저물어갈 겁니다

변해가는 것들은 모두

봄날의 주름살들로 일생을 마무리한다 해도

아등바등 살지 않고 이 모두를 받아들인 채

밤을 새워 시간을 밀고 가고 있었음을

갈기를 휘날리며 저 강둑을 넘어가고 있었음을

악몽을 꾼 밤들이 아무리 깊고 서럽다 해도

우리는 끝내 그렇게 바라보며

오지 않은 것들을 기다린 채

마지막 봄날을 그렇게 기다리고 있을 겁니다

- 「다시 봄날에」 전문

이 시는 자본의 논리가 지배하는 황량한 세상 어딘가에
서 살고 있을 '그대'에게 과거 함께 '봄'을 꿈꾸었던 시인이 건네는 전언이자 "마지막 봄날"을 끝까지 기다리겠다는 시인의 다짐을 담고 있는 편지 형식의 작품이다. 「우리들 생애의 푸른 망명정부」가 과거와 현재 사이의 시간적 낙차를 배경으로 다소 소박한 바람과 기대를 표현하고 있다면, 「다시 봄날에」에서 그 바람과 기대는 다짐으로 강화되고 있다.

이 시에서 봄은 생명의 계절이자 희망의 시간이다. 1~3행에서 시인은 시간이 흐르고 세상이 바뀌어 "그 시절"이 소멸한다고 해도 '우리'가 함께 나누었던 술잔 속에는 "봄의 얼굴"이 담겨 있을 것이라고 과거를 애도하고 있다. 시간이 흘러 과거-시간의 흔적은 모두 사라졌어도 그대와 함께 꿈꾸었던 "봄의 얼굴"은 영원히 사라지지 않을 것이라는 이 믿음에는 '그대'에 대한 연대의 마음, 그리고 '봄'으로 표상되는 새로운 질서에 대한 기대를 완전히 포기하지 않았다는 의미가 담겨 있다. 그리하여 시인은 "생애의 절벽"을 마주하고 눈물을 흘릴 때도 "가슴 속으로 안착하는 별들"이 '봄'이 왔음을 알릴 것이라고 믿는다.

한편 이 시에서 중반 이후는 진술은 '흐느낄 때도', '마무리한다 해도', '서럽다 해도' 등처럼 일정한 방식을 반복하고 있다. 이것은 희망적인 미래에 대한 의지와 믿음을 표현한 문형文型이라고 말할 수 있다. 그것은 시간적 존재의 유한성("복사꽃 잎들 성호를 그으며 떨어져 내려도")과 그것을 초월하여 반복되는 자연의 영속성("경외감 속에 하루를 저물어갈 겁니다")의 대조로 표현되기도 하고, 세상의 질서에 맞춰 변하는 것("변해가는 것들은 모두/ 봄날의 주름살들로 일생을 마무리한다 해도")과 변함없이 한결같음을 유지하는 것("우리는 끝내 그렇게 바라보며/ 오지 않은 것들을 기다린 채/ 마지막 봄날을 그렇게 기다리고 있을 겁니다")의 대조를 통해 표현되기도 한다. "마지막 봄날"이란 특정한 미래적 시간이라기보다는 시간적 유한성과 변화된 세상에 맞춰 변신하는 행위에 대한 부정, 즉 자본이 지배하는 현재-시간을 끊임없이 유예시키려는 의지의 산물처럼 보인다. 이때 '마지막'은 도래하지 않는 기다림의 시간이 되며, 시인은 그 시간을 기다리면서 자신의 삶을 미래/미지의 방향으로 밀고 나아간다.

현대시세계 시인선 170

너와 나의 중립국

지은이_ 이용호
펴낸이_ 조현석
기 획_ 김정수, 우대식
펴낸곳_ 북인
디자인_ 푸른영토

1판 1쇄_ 2024년 10월 15일
출판등록번호_ 313 - 2004 - 000111
주소_ 121 - 842 서울 마포구 서교동 460 - 34, 501호
전화_ 02 - 323 - 7767
팩스_ 02 - 323 - 7845

ISBN 979-11-6512-170-9   03810
ⓒ 이용호, 2024